U0028743

Contents

繪圖●うみぼうず

【6 years ago Nagisa】

在海岸線上，傾聽波浪搖曳的聲響。

沙澎、沙澎——水波輕輕湧來又退去，緩和了不安與痛苦，使心靈平靜下來。像這樣聆聽大海的波濤聲，對我而言是唯一的樂趣。

「妳在這種地方做什麼？」

突然，有個陌生的女孩聲音從我背後傳來。那個聲音相當冷靜，但絕非冷漠，是個清澈透明的說話聲。

「……我在聽大海的聲音。」

或許是沒料到會有其他人來這個地方，我有點緊張地這麼答道。

「只是聽聲音？不看嗎？」

「畢竟什麼都看不到呀。」

沒錯，現在已經入夜了。白晝時如祖母綠般熠熠生輝的大海，到了這個時段，光憑微弱的星光映照在我眼底僅存一片漆黑。因此我才只能像這樣，只是享受大海寧靜的波浪聲。

「既然如此，妳白天來不就好了嗎？」

這時我感覺到少女坐在我身邊的氣息。一開始對方雖給我成熟的印象，但從聲音發出的高度判斷，對方的身高應該跟我差不多。或許年紀也跟我相仿吧。

「其實我也很想那樣，不過，白天來會被抓包的。」

我稍微放鬆戒備，繼續跟她對話。

「被抓包？被誰？」

「……我生病了。老實說必須一直待在病房裡才行。不過，長期躺在那硬邦邦的病床上也很難受。因此我才會像這樣，趁別人不注意時溜到這裡。」

艱辛的治療，加上永恆的無聊。

只有從病房逃出來的短暫時光，對我才是一種療癒。

能跟同年齡層女生聊天讓我感到非常開心，於是我也試著問她的情況。

「我是最近才被帶到**這裡**來的，出於某些因素。」

「……是嗎？」

她所指的**這裡**，絕對不是醫院。我們如今所位於的，是設立在某座孤島上的孤兒院。

「不過，沒問題的。住在這裡的，全都是跟我們類似的孩子。」

沒錯，全是類似的——不幸孩子。然而，究竟是哪裡沒問題呢？不，我很明白我們身上存在著一大堆問題，但我現在也只能這麼說。

「妳的名字是？」

少女冷不防向我問。

「602號。」

大人們是這麼稱呼我的——我如此答道。

並不是只有我這樣，在這所設施裡的所有孩子都被如此稱呼……不過我想一定很快就會習慣了。眼前的這個女孩，遲早也一定會——

「渚。」（註1）

起初，我還以為對方是在指這個海岸邊。

「喜歡大海的妳，就叫這個名字吧。」

結果她卻這麼說，並靜靜地笑了。至少我覺得她應該是在笑。

「那，妳的名字是？」

因此，我也反問對方的名字。

「我沒有名字喔……只不過。」

註1　日文漢字「渚」有海濱的意思。

「只不過？」

「如果是代號。我倒有一個。」

接著她自己報出的那個名號，我一輩子也不會忘記。

而且也不願忘記。

【第一章】

◆為了再度與你相會

「將來會把你從沉睡中喚醒的人名叫——渚。夏凪渚。」

希耶絲塔以這番臺詞劃上句點，螢幕上的光芒消失了。

影片告終，聚集在此地的四人——我、夏凪、齋川、夏露，誰都無法馬上發出言語。在流逝的沉默當中，我的腦海還播送著剛剛才回顧完的、我跟希耶絲塔兩人那三年的旅行記憶。

一萬公尺的高空上，我們在一架被挾持的客機裡邂逅。接著以我就讀的中學所引發的某事件為契機，我跟希耶絲塔一起踏上旅程。

我們展開了一段令人眼花撩亂的冒險奇譚——不久後闖入與祕密組織《SPES》的戰鬥，我們終於抵達倫敦。在那裡又認識了一位謎樣的少女——愛莉西亞。無家可歸的她暫時代理偵探，成為了我們的同伴，三人一塊行動。

然而愛莉西亞身上存在著連她自己都不知道的另一個人格，這個隱藏人格海拉在倫敦市區奪走了無辜人們的生命。

之後我們追蹤海拉，或者也可說是為了拯救愛莉西亞，前往敵人的據點並在那裡遇上了敵方的首腦。那傢伙直接把他們的真實身分告訴我。而另一方面，希耶絲塔也投身了與海拉的最後決戰。

是啊，沒錯。到了現在我終於回想起一切。

一年前，在那座島上發生了什麼事。

以及為什麼，偵探已經死了。

在那天，那個場所，奪走希耶絲塔性命的人是——

「是我。」

在寂靜當中，夏凪喃喃說道。

「是我把希耶絲塔小姐……」

「錯了。」

我不能讓夏凪把話說完，因此我反射性地打斷她的話。

「夏凪什麼也沒做。畢竟連妳自己都……所以……」

類似的臺詞在過去某一次愛莉西亞也……不對，是利用地獄三頭犬的種化為愛莉西亞幻影的夏凪說的。然而，我能確定，夏凪什麼也沒做。就算她的手染上了罪惡，那也是完全不同的其他……也就是海拉的人格犯下的。不管是狩獵心臟事件或希耶絲塔被害，都與夏凪無關。夏凪她，什麼也沒──

「對不起。」

在照明變亮的室內，夏凪不知為何突然看著我致歉。她的雙眸已噙著淚。

「把君塚最重要的人奪走了，是我不好。」

夏凪的指尖伸向我的臉，我原本以為她又要像以前那樣用手指捅進我嘴裡，結果她只是以纖細的指尖擦拭我眼角。

「……抱歉。」

原來在哭的人是我。

我原本以為自己早就把一切都看開了，看來這個判斷好像大錯特錯。

我不得不重新承認──自己對希耶絲塔還是依依不捨。

「原來我的記憶是假造的呀。」

夏凪垂下頭喃喃說道。

「所謂接受心臟移植事實上只是我奪走了希耶絲塔的心臟而已，至於長期住院的兒時記憶，一定也是被《ＳＰＥＳ》囚禁的過往還殘留的緣故──果然像我這樣的人，永遠是個一無所有的空殼。」

這是夏凪像口頭禪一樣時常掛在嘴邊的話。好比自己是個冒牌貨、無法成為任何人，或是從狹窄的鳥籠永遠飛不出去之類的。

而且類似的自嘲，過去愛莉西亞也曾吐露過。例如喪失記憶的自己、一直關在黑暗的房間裡，那是個既沒有聲音也沒有光亮的世界等等。

回想起這些一年前的記憶，我重新審視如今在眼前的夏凪，兩位少女的身影重疊在一塊。我一年前在倫敦邂逅的那位名為愛莉西亞的少女，就是日後的夏凪渚。

「渚小姐，先請坐吧。」

齋川對雙肩還在顫抖的夏凪輕輕出聲道，於是兩人便坐在房間的水泥地上。讓年紀最小的齋川操心雖然不太像話，但現在我只能萬分感激地麻煩她。

「也就是記憶被竄改了嗎？」

下一個開口的人是夏露。

「包括渚……還有君塚。」

接著夏露將視線移向我。

「夏凪那邊的情況，應該要視為精神方面的顧慮而施加的某種治療手段吧。」

跟此事有關的恐怕就是那位紅髮女刑警——加瀨風靡了。她根據希耶絲塔的指示，為了救助夏凪才採取了這樣的措施吧。

「至於我，則是**忘了**。」

不論是曾跟夏凪相遇的事。

或是希耶絲塔為何會死去。

以及《SPES》的真實意義，還有其首腦席德的真面目。

由於那《花粉》，我在孤島度過的幾個小時記憶全都喪失了。

「可是妳一直記得吧，夏露。」

一年前，在敵人的據點，我跟夏露與自稱是所有《人造人》父親的席德對峙，也在那次得知了《SPES》的最初目的。那傢伙是從宇宙飛來這顆行星的《種》，依循生存本能試圖壓制人類。

那之後我趕往希耶絲塔身邊，而夏露應該還留在研究所與敵人繼續交戰才對。如此說來她沒有接觸到那種《花粉》，也不至於喪失記憶。

「是的，所以我完全沒料到君塚竟然什麼都不記得了……畢竟我們當初根本沒有分享過任何情報。」

尤其是我們兩個之間——夏露這麼自嘲著。

……沒錯，跟夏露在那艘郵輪碰面也是時隔一年的事了。沒多久我們就在那艘豪華客輪的甲板上與仇敵變色龍對峙。當時那傢伙雖然說「是我殺了希耶絲塔」，但結果只是一場誤會罷了。那傢伙應該永遠也猜不到是希耶絲塔主動讓自己的心臟停止跳動吧。

「夏露小姐，我——」

就在這時，夏凪突然站起來。

然而，夏露卻。

「妳什麼都不必說。」

夏露連看也不看夏凪就這麼表示。

「我已經明白。這不是妳的錯，我很清楚。只是……我暫時還無法接受。因此，希望妳多給我一點時間。」

「……嗯。」

沒錯，夏露也是今天才得知關於希耶絲塔死亡的真相。她敬愛的師父之死，有部分因素是由近在眼前的這位少女所承擔，所以夏露不可能輕易就對對方說什麼中聽的話。

在這種狀況下，夏露究竟會做出什麼樣的**抉擇**——凝重的氣氛，再度充斥於這座讓人不知自己身在何方的室內。

「首先。」

過了好一會兒，才聽見一個清澈透明的少女說話聲。

「不要緊的，請冷靜下來——握住拳頭，轉動肩膀關節。呼吸要保持節奏。先閉上眼，深呼吸一口氣，然後慢慢吐出。感覺血液循環。睜開眼，原本混濁的視野就會變得清楚多了。」

這是之前齋川曾對我說過的話，據說是能緩和緊張的符咒。

「等事情結束後，大家要不要一起去享用紅茶？」

這時，齋川用一副真不愧是偶像的魅力十足表情對我們笑道。

「真是的，就說了為什麼妳最像大人啊。」

「呼呼，因為我跟君塚先生的**經驗**不同啊。是經驗唷。」

「不要故意強調那兩個字啊。齋川應該要更有偶像的自覺。」

真受不了這個中學女生……不過也罷，總比一直維持凝重的氣氛要好太多。我這麼心想，並覺得差不多該設法離開這個房間時，突然警醒到一點。對喔，我們是被綁架到這個地方來的。

「既然如此，綁票犯在哪？」

一股討厭的預感，促使我轉過身。

「要開**茶會**嗎，真不錯。請讓我也加入吧。」

下一瞬間，我察覺到我們四個人以外的氣息。

「是誰！」

我反射性地朝那個人影伸出手……然而等我回過神，自己的身體已浮在半空中。

天花板隨即映入視野，緊接著。

「好痛！」

我的背部狠狠撞擊地面。彷彿電擊般的劇痛竄過全身，我忍不住閉上眼。

「下次再敢碰觸我的身體，你就會全身骨骼碎裂。」

真不講理啊。當我正想對這個給我一記背摔的犯人抱怨幾句，並緩緩睜開眼時……卻因眼前的光景整個人僵住了。

「妳，是……」

佇立眼前的這號人物，我非常熟悉。

銀白色的秀髮，如雕刻品般美麗端整的五官。然而她所身披的是……女僕裝？看來關於服裝這點跟我的記憶有點不一樣，但至少是她本人的長相沒錯。三年間，跟我片刻不離的那位少女名為——

「——希耶絲塔。」

我不可能認錯，過去那位搭檔的容貌就在我眼前。

◆是你說要我穿女僕裝的

「來吧，各位，請盡量點自己喜歡的東西。」

身著女僕裝的白髮少女對入座的我們說道。

更換地點的我們五人，為了開茶會而來到咖啡廳內。在寬廣的店裡，不見其他客人。看來是被我們包場了。

至於把我們帶來這裡的發起人——

「請不用顧慮，是君彥請客。」

她獨自搶先一步，優雅地啜飲起紅茶。

「難道就不用顧慮我嗎——《希耶絲塔》。」

對坐在**主位**上的她，我忍不住吐槽道。

眩目的白髮與藍色眼眸。不論哪個細節，這傢伙都是我過去的搭檔。

——不過。

「真的，跟大小姐一模一樣……」

凝視正咕嚕喝下紅茶的《希耶絲塔》，夏露喃喃說著。

沒錯，這位《希耶絲塔》並**不是本人**。

當然囉，偵探在一年前就已經死了。

「夏洛特，恕我重複一遍，我只不過**是個機器人罷了**。」

在來這個地點的路上，她自己就提過了。

在我們眼前的這位《希耶絲塔》，是**以生前的希耶絲塔部分肉體、記憶、能力為參考所製作的仿生機器人**。

「……妳真的不是希耶絲塔嗎？」

我重新向這個怎麼看都是人類的她問道。

「嗯，我跟希耶絲塔大人不同，並不會以『君』稱呼你。」

「對喔，如果是本人就不會給我一記背摔，而是讓我膝枕。」

「……查詢過資料庫後發現這並非事實。」

「不要露骨地把臉別開啊。如果真是以希耶絲塔本人為基礎就不會討厭我吧。」

「正因是以希耶絲塔大人為基礎我才會討厭你。」

「今天我流的眼淚，可以全部還給我嗎？」

太奇怪了，在來這裡之前所瀰漫的嚴肅氣氛，都像騙人一樣消失無蹤了。

「該怎麼說呢，這種安穩的互動就好像老夫老妻一樣。」

「唯，請不要以夫妻比喻。至少說是相聲老手吧。」

這時，不知為何，坐在對面那邊的齋川跟夏露都白著眼瞪我。拜託饒了我吧，這又不是我的錯，全都是那個偵探不好……不過，現在不是說這些的時候。

「把我們綁來這裡，是有什麼事嗎？難道這一切，都是生前的希耶絲塔所指示？」

沒錯，就是眼前這位《希耶絲塔》綁架我們，並讓我們觀看過去的影片。據說那個監禁我們的房間，也是她平常所隱居的住所。

「嗯，希耶絲塔大人為了那天的到來做了許許多多準備。設法找到你們是其中一部分，像這樣讓我充當備援系統也是一部分。此外，我還被賦予了要將真相傳達給你們的使命。」

「可是正常情況下要用到綁架嗎？」

「這個真相是必須不擇手段告知你們的。」

說到這，《希耶絲塔》看向始終獨自保持沉默的那號人物。

「渚。」

她呼喚這個名字。

偵探保留到最後的這個名字。

坐在我身邊的夏凪這時揚起低垂的視線，聆聽名偵探的遺言。

「我代替希耶絲塔大人說一句——謝謝妳。」

這番話就像是將始終滯重的氣氛吹散的微風一樣。

讓人不禁覺得，《她》鐵定是為了說這個才會如此重新現身。

我們幾個跟夏凪一起收下了這句安慰。

「託妳的福，希耶絲塔大人的遺志沒有消失而是被保存下來。此外讓妳好好活下去，而且去上學，也是希耶絲塔大人最後的心願——這是我的工作，因此請讓我致謝。」

謝謝——說完，《希耶絲塔》靜靜地低下頭。

對此，夏凪她。

「我……」

搖曳的眼神，欲言又止地顫動雙唇，但後續的聲音卻發不出來。

不論羅列再多正確的話語，也不見得能舒緩夏凪的情緒。或許是感受到過去的責任吧，夏凪的視線落到地板上。隨後，現場又被沉默籠罩。

「還是邊喝紅茶邊聊吧。」

這裡的蘋果派很好吃——《希耶絲塔》靜靜說道。等回過神，才發現我們面前已端上紅茶跟蘋果派。

「……真懷念。」

夏凪把切成小塊的派皮送入口中，並這麼喃喃說著。

她並不是說好吃，而是懷念。

「……差不多該切入正題了吧，《希耶絲塔》。」

在眾人當中，以我為代表，對《希耶絲塔》拋出這個不得不釐清的問題。

「為什麼事到如今還要把我們聚集起來，訴說過往的事？在此之前把真相隱藏起來的意圖又是什麼？」

一年。希耶絲塔死去已經一年了。假使這位《希耶絲塔》的使命是將真相傳達給我們，那為什麼至今為止都不跟我們接觸呢？

「理由有好幾個。」

這時《希耶絲塔》在我們面前豎起手指說明：

「首先第一點，要把沉睡在渚體內的海拉這個凶惡人格壓下來，讓渚的狀態保持安定需要比較長的時間。」

這是一年前──我跟希耶絲塔的最後交談中她說過的話。要封印海拉或許得花很長的時間。而夏凪她本人，也說過最近好不容易才讓身體恢復到可以上學的狀態。所以為了做好上述準備才花了整整一年嗎？

「接著第二點，要等你們四人能齊心。」

「我們？」

「嗯，這就是希耶絲塔大人的遺志了。」

對喔，夏凪也曾提過希耶絲塔給大家的留言——我、夏凪、齋川、夏露四人正是她的遺產。

「不過。」

這時，夏露介入對話。

「為什麼是我們四個？尤其是君塚……也算在內？」

「喂夏露，不要理所當然似的質疑這件事啊。」

「嗯，的確，該不該把君塚君彥算進去，是直到最後都讓希耶絲塔大人煩惱的事。」

「什麼嘛，我應該要第一個列入吧。我可是助手耶。」

「君塚先生，其實那三年所發生的事搞不好到頭來都是空話喔？也許君塚先生不是什麼助手，只是狂追希耶絲塔小姐的跟蹤狂罷了。」

「齋川，妳的眼睛是大家裡面最好的吧。剛才的影片妳沒在看嗎？」

不行了，這群傢伙只要氣氛稍微舒緩下來就會開始裝傻……

「但。」

這時，彷彿是看穿了我的心聲般，夏凪以認真的眼神對準《希耶絲塔》。

「我猜，最重要的理由應該不是那些？」

關於《希耶絲塔》在這個時機把我們聚集起來的理由，以及說出真相的理由。

夏凪鄭重地向偵探質問道。

「席德，到了這時終於主動出手了。」

《希耶絲塔》瞇起眼，說出了至今為止我始終遺忘的存在。

那就是《SPES》的首腦，恐怕也是我們必須打倒的最大仇敵。

「席德在這一年，都沒有採取像之前那樣顯眼的行動。然而最近，這個狀況好像逐漸改變了。」

……的確，例如齋川的藍寶石事件，以及客輪上的變色龍襲擊都是很好的案例。

那些傢伙隔了一年究竟在搞什麼？

「阻止對手的行動，那就是渚——妳的工作了。」

《希耶絲塔》將杯子放回茶碟上說道。

「我的，工作……」

知道自己被賦予的沉重職務後，夏凪不禁低下頭。

如果是平時的夏凪，一定會自信滿滿地拍胸脯保證吧。然而，已經知道那些過往的她，現在卻……

「這個問題不能只讓夏凪一個人來承擔吧。」

我將紅茶一口飲盡，對《希耶絲塔》這麼質疑。

「打倒《SPES》這個目的，對我跟齋川、夏露也是一致的。並沒有必要讓夏凪肩負特別的責任感才對。」

的確夏凪是出於自己的意志，繼承了名偵探的遺志。但我跟齋川、夏露也是希耶絲塔留下的遺產才是……打倒《SPES》，應該是我們共通的目的。

「嗯，的確是這樣沒錯。然而在你們當中，渚所擔任的職務，是君彥、唯、夏洛特都無法比擬的。」

畢竟——《希耶絲塔》先輕輕吸了口氣。

「渚可是**《名偵探》**啊。」

她很明顯將強調的語氣放在某個詞彙上，這麼告知道。

「那又怎麼樣？如果說這裡所謂的名偵探跟普通的偵探意義有些不同，夏凪應該早就理解了才對。」

希耶絲塔雖也自稱名偵探，但實際上卻跟一般人印象中的偵探有差異。與人造人或外星人戰鬥的偵探，不論哪部懸疑推理作品都不曾出現吧。關於這部分夏凪對過去發生的事應該已經十分明瞭了。

「……原來如此，希耶絲塔大人也沒有把這點告訴你們嗎？」

這時《希耶絲塔》像是在思索什麼般微微點點頭。

「所謂《名偵探》，跟君彥腦中所想的並不相同。」

她就像看穿了我剛才的思緒般這麼說道。

「的確，這裡所謂的名偵探並不是那種只會解決普通案件的存在，關於這點正如你的設想。不過，我們通常使用《名偵探》這個稱呼時，還有另一層意義──」

「先等一下。」

就在這時，桌子砰一聲搖晃起來。如此激動濺出紅茶並站起身的人是──

「妳這傢伙，繼續說下去──會違反**聯邦憲章**的。」

伴隨著口中那個陌生的詞彙，夏露彷彿在譴責《希耶絲塔》般瞪著對方。

「不必介意，他們已經是當事人了。」

然而《希耶絲塔》只是環顧一圈坐在桌邊的我們，依然面無表情地繼續說道。

「所謂《名偵探》，是守護世界的十二人之盾──《調律者》當中的一個職位。」

◆世界之敵與十二之盾

「調律者……原來是這樣嗎？」

「咦，君塚先生已經知道囉？」

眼見我露出嚴峻的表情，齋川便這麼問。

「所謂調律者究竟是……」

「不，我沒聽過。」

「請不要再假裝自己很懂的樣子。」

這位年幼的偶像一下子變得很冷淡。

「這個世界，經常會遭遇危機。」

但無視我跟齋川的小插曲，《希耶絲塔》繼續說明下去。

「為了對抗定期發生，甚至層出不窮的世界危機──國際機構在暗中祕密任命了某些人物，那就是所謂的《調律者》。」

為了對抗世界危機所誕生的存在──這麼說來我忘了是什麼時候，希耶絲塔好像也說過類似的話。自己是為了守護世界而存在的，她體內有這樣的DNA云云。

「分散在世界各國的《調律者》全數有十二名。他們被賦予跟世界危機相關的各種任務，此外每一個人的《職位》也有所不同。」

她說到這屈指數了起來。

「好比《怪盜》。另外還有《巫女》跟《暗殺者》。據說當中還有《魔術師》和《吸血鬼》這樣的存在。」

「吸血鬼……」

那是什麼職位啊。我完全無法想像那傢伙負責的工作內容。

「不過，目前他們的確是這個世界對抗威脅的防波堤，在歷史上也曾挽救過無數次危機。」

《希耶絲塔》依然用曉諭般的口氣接著說下去。

「核戰、氣候變遷、瘟疫、天體撞擊。除了人類本身會成為危及世界的原因外，也有像《SPES》這種來自地球外的威脅——不論如何，《調律者》躲在暗處跟這些危機戰鬥是無可否認的事實。」

「那麼在我們不知道的情況下，若不是託了《調律者》的福，這個世界早就毀滅了？」

「嗯，本來應該在一九九九年來襲的**恐怖大王**，也是被那十二人當中的一人阻止的……據說是這樣沒錯。」

做為勉強的可能性之一，《希耶絲塔》舉出了那個曾讓世間掀起大騷動的諾斯特拉達穆斯知名預言。

「因此，我們現在這個能和平度日的世界觀，搞不好也是他們那些《調律者》努力替換的未來也說不定。」

「……難不成，妳想說改變歷史進程這種事是有可能辦到的？」

「對無法觀測的事物就斷定不存在，這樣未免太傲慢了吧。況且君彥你自己不就親身經歷過**這樣的例子**嗎？」

被《希耶絲塔》這麼一提，如果要問我首先想起什麼的話。

「──《聖典》。」

一年前，海拉提過那本**記載未來的書籍**。搞不好，那個真的是由經歷過未來的人所撰寫的？

……不，現在沒空把話題扯那麼遠了。比起那個，聽《希耶絲塔》到目前所提供的資訊，除了得知《調律者》的存在外，還有一項幾乎可以正確推測的事實。

「希耶絲塔就是《調律者》中的一人吧。」

我這麼說道，《希耶絲塔》則默默喝下紅茶表示肯定之意。

那個希耶絲塔，就是拯救世界的十二名《調律者》之一──其職位為《名偵探》。此外她所被賦予的任務，則是討伐《SPES》。

她本人卻一次也沒有親口說出這項事實，然而──

「…………」

我瞥了一眼夏露緊咬嘴脣的側臉，察覺剛才那些都是事實。過去希耶絲塔把跟世界之敵戰鬥說得簡直就像自己的天賦使命般，沒想到後頭還有那麼大的背景設定。

「只是。」

當我在想著這些的時候，《希耶絲塔》繼續說道。

「一年前，希耶絲塔大人身故，《名偵探》的職位也空缺了。而且在這段期間，並沒有任何人負責討伐《ＳＰＥＳ》，這種狀態一直持續到現在。」

「其他《調律者》在做什麼？就不能代替希耶絲塔……」

「世界的危機，可不是只有《ＳＰＥＳ》而已喔。」

結果夏露代為答道。

「其餘十一名《調律者》，都有各自的工作要負責。」

「是嗎，所以除了《ＳＰＥＳ》以外還有世界之敵……」

當我們在這裡喝紅茶的時候，世界受到了各式各樣的威脅……並且有某些人正在與之戰鬥。

「言歸正傳吧。」

《希耶絲塔》這麼說道，並將視線對準夏凪。

「照這樣下去，恐怕下一屆《名偵探》會指名妳擔任。」

「……！我擔任？」

這意料外的發言讓夏凪睜大雙眼。

「當然還沒有完全底定。不過，妳體內寄宿著過去那位名偵探的心臟，本身也有意願繼承遺志。另外，妳還能使用普通人無法擁有的力量。應該有許多人都認為妳具備了能充分擔任《名偵探》的資質吧。」

是嗎，夏凪除了繼承希耶絲塔的心臟和遺志外，也有餘裕運用那些力量，至少大家是這麼看待她的——然而。

「希耶絲塔她，已經不會再藉由夏凪的身體出現了。」

在那艘客輪與變色龍戰鬥的途中，希耶絲塔曾借用夏凪的身體出現在我面前——之後又消失了。那並非奇蹟或天外救星般的不合理發展，而是愛捉弄我的那傢伙，故意讓我做了一個轉瞬即逝的白日夢罷了。

「嗯，我也很清楚，所以。」

說到這，《希耶絲塔》重新看向夏凪那邊。

「容我代替希耶絲塔大人再問一次。渚，妳真的想繼承《名偵探》的遺志嗎？」

夏凪的覺悟受到考驗。

「我……」

「假使。」

我打斷了夏凪顫抖的說話聲。並不是我有什麼意見，只是覺得要強迫現在的夏凪做抉擇未免太殘酷了。

「假使將來，夏凪真的繼承了《名偵探》的職位，首先該怎麼做？」

這種事不必今天就決定也沒關係。不過，對於那個不確定的將來，我先問了一個假設性的問題。

這時《希耶絲塔》表示。

「這個嘛。」

她啜飲茶杯中殘餘的紅茶，環顧我們四人後才這麼說道。

「那就請先**找出**，隱藏在剛剛那段影片中的某個**錯誤**吧。」

◆職業，學生。偶爾，當助手

然後到了翌日——我去學校上課。

沒錯，我完全忘了還有課外輔導這個概念。

或許有人會覺得很唐突，不過當我成為助手以前，在社會上的身分只是一介學生。而且前陣子，我一放暑假就悠哉地參加郵輪之旅，然後又被綁架什麼的……看來高三生並不能享有暑假這個暫時放鬆的時期。

「竟然還有十五分鐘喔。」

我望著掛在牆上的時鐘陷入絕望。

從一早就進行名為夏季課外輔導的課程，時間流逝的速度慢到讓人以為會永遠持續下去。距午休甚至還有三十分鐘以上的時間。

「睡吧。」

學生的本分是睡覺。據說一眠大一寸，恰好我希望自己能再長高個三公分左右。這麼說來希耶絲塔也經常打瞌睡，或許託此之福，她在許多方面都發育得相當良好吧。

「……嘎？」

總覺得自己在想著某些超低級的事。

太累了，一定是那樣沒錯……畢竟昨天經歷了許多事。

坐在靠走廊最後一排的座位，我閉起眼趴在桌上，開始整理腦中的想法。

昨天，由《希耶絲塔》揭露的真相——那就是，這個世界是由十二名《調律者》所守護的。那十二個職位的其中之一《名偵探》，可能要任命夏凪來擔任。

假使夏凪繼承了《調律者》的位置，那她首先要完成的課題，就是《希耶絲塔》所說的**尋找錯誤**。昨天在那之後，又問了《希耶絲塔》詳情，事實上我們所看的一年前影片，當中似乎有某項**錯誤**。倘若夏凪對是否要成為《名偵探》還心存猶豫，那先查出這個錯誤後再決定也不遲，《希耶絲塔》拋下這番話後就放我們回去了。

也就是說，我現在……或者該說夏凪現在的當務之急，就是找出一年前的真相中究竟隱藏了什麼錯誤。

「但話說回來，一點線索也沒有啊。」

沒錯，我用周圍聽不到的音量咕噥道。

……結果，等我回過神時發現四周似乎很吵鬧，看來課程在不知不覺中結束了。這麼一來午休總算來臨。接下來只要撐過下午那兩堂課，今天的課外輔導就完成了。總之我先照慣例去便利商店買飯吃，然而當我這麼想並抬起臉時。

「啊。」

跟走廊上的少女——夏凪渚四目相交了。她好像正要跟朋友們去餐廳，共有三、四個女生（感覺是一群很好看的美女）肩並肩走著。

恰好我也想跟她討論日後的計畫，於是我為了跟她約定放學後碰面而站起身。

「…………」

但她卻猛然把目光撇開。

接著那群女同學發出咯咯的輕笑聲，又對夏凪不知竊竊私語些什麼，只見夏凪誇張地猛搖著腦袋跟手，然後就直接走遠了。

這是地獄嗎？總覺得教室裡的視線朝我這集中過來，我只好直接砰一聲坐回去，再度墜入夢鄉。

「你究竟想睡多久啊。」

放學後，一個戲謔的說話聲將我從睡眠中喚醒。

視野模糊，我揉揉眼睛……結果，一個朦朧的人影逐漸浮現出來。

「才剛解決完兩個事件，我好不容易能享受休息的時間耶。」

我當然不可能從午休一直睡到現在。由於有那個《容易被捲入麻煩的體質》影響，放學後，同班同學帶來了小麻煩找我幫忙，我才剛解決掉而已。

「是說我再也不想理妳了——夏凪。」

回想起先前午休的遭遇，我對坐在前面座位轉身朝向這邊的她半白著眼。

「人家說對不起了嘛，而且你的頭髮睡得亂糟糟的。」

結果夏凪輕易侵入了我的私人空間，用手梳起我的頭髮。

「妳是希耶絲塔喔？」

「一半一半吧。」

昏暗的橘色光芒灑進來，她露出淡然的一笑。

在太陽幾乎已西沉的放學後教室裡，只剩下我們兩人。

「所以，妳有什麼事嗎，夏凪？」

我把她伸向我腦袋的手揮開並這麼問。

「什麼事？剛才午休的時候，你自己不是想找我嗎？」

「但某人卻無視於我直接跑掉了啊。」

女高中生的竊竊私語最傷人了。

「……因為我也會被捉弄啊。」

夏凪用陰鬱的眼神望著我。

「你想，就是那個嘛，會被質問我跟君塚是什麼關係。」

「被人謠傳跟我有某種關係會讓妳感到羞恥喔。」

「……也不是那個意思啦。」

夏凪一副欲言又止的樣子，還氣嘟嘟地拉扯我的前髮。搞什麼鬼啊。

「是說你也睡太沉了吧，你知道我等了幾小時嗎？」

「臉上還有睡痕的人也敢說這種話。」

「這種事為什麼不早點提醒我！」

「順便把口水擦一擦比較好。」

「看我加倍殺死你！」

夏凪把我的頭猛力按向桌子。真不講理啊……

「……所以呢？到底有什麼事？」

等擦掉口水後夏凪才重新問道。

她的視線，對準了窗外正逐漸下沉的夕日。

「……啊啊。」

我正打算提出那件正事時……不知為何，卻無法繼續說下去。

不，不光只是我。夏凪一定也一樣，很清楚我接下來要說的是什麼，我可以肯定。然而，到了緊要關頭彼此都不敢踏入那個話題。

「原來，妳還有朋友啊。」

因此我不禁隨口閒聊起來。

「這是什麼悲傷的話題呀……」

夏凪以充滿憐憫的目光看著我。

「你平常午休時間是怎麼度過的？」

「我有個私房地點所以不成問題。」

只是今天因為某人的錯害我睡過頭了。

「可以每天讓君塚自己一個人吃飯的地方？廁所嗎？」

「妳剛才說了非常惡毒的話妳有自覺嗎？」

繼承偵探的遺志也不必連喜歡捉弄我這點都一起學啊……

於是我無奈地站起身。

「那現在，我就帶妳去那個私房地點看看吧。」

我對愣愣張著嘴的夏凪這麼強調道。

「……咦？帶我去廁所會不會有點，那個，該怎麼說……」

「誰說是廁所了啊，也沒人想看妳害羞的樣子。」

◆兩人獨處的無數個夜

「就是這了。」

我領著夏凪翻越禁止進入的柵欄，登上一道短階梯。結果，前面有一扇加了掛鎖的鐵門。

「君塚，你有鑰匙嗎？」

「沒有。不過，沒有我開不了的鎖。」

「聽起來好像滿帥的。」

「因為我被綁架監禁的經驗太多了，自然而然就學會了這項技能。」

「訂正，簡直遜斃了。」

「看吧，打開了。」

用特製的鐵絲轉動幾秒鐘，門鎖便發出喀喳一聲順利解除了。

我推開門，踏入另一端——頓時，有風吹拂過來。

「哇啊。」

跟在我後頭的夏凪，發出了感嘆聲。

這裡就是我的私房地點——屋頂。

太陽已經下山，星斗在無雲的夜空閃爍著。

「怎樣？一個人也不賴吧，在屋頂吃飯感覺特別好吃喔。」

我背倚著高高的欄杆當場坐下。

「呃，也沒必要一個人吧。」

但夏凪卻有點無奈地坐在我身邊。

「交幾個朋友，如何？」

「我不是不想交朋友，而是交不到。」

「恭喜你說出了大家最不想親口唸出來的日文。」

獲得了一個超級不名譽的稱號啊。

「好吧，君塚可以把我算進去，列入你的朋友裡。」

這時夏凪伸直雙腿，玩弄著長度在膝蓋上方的裙襬。

「……哎，其實不當朋友也沒關係，畢竟人與人之間還有其他各種不同的關係可選。」

「例如當妳的手下？」

「姑且再問一次，君塚到底算希耶絲塔小姐的什麼……？」

這話題的發展完全出乎意料……而且不知為何夏凪有點垂頭喪氣。

「好吧，不過你想想，有個能放鬆心情談論任何話題的朋友，不是也挺不賴的嗎？」

而且那個朋友還很可愛——這回，夏凪裝模作樣地用雙手食指按著自己的臉頰。

「我沒交過朋友所以不清楚。」

「你這個人真彆扭。」

夏凪似乎頗無奈地嘟起嘴。

「你這樣也能跟希耶絲塔小姐好好相處那麼久。」

「……我不記得自己有跟她好好相處過啊。」

我回憶起那兵荒馬亂的三年時光。

「應該每三天就會吵一次架吧。」

「像這種時候都是君塚先道歉？」

「基本上是的。不過有時候我會硬撐，大概一個禮拜都不理她。」

「然後呢？」

「對方就會顯露出坐立難安的樣子。」

「希耶絲塔小姐真可愛呀。」

「最後，我隔了很久主動向她開口，她就會瞬間露出鬆了口氣的表情，但緊接著——」

「她又會恢復不悅的表情說『你這傢伙，是笨蛋嗎』。」

「喔，妳說對了。恭喜啊，獲得希耶絲塔檢定一級。」

我們這麼說著並噗嗤笑了出來。

「然而，因為爭執實在太常發生了，某天我們訂了一個規矩。」

「為了不吵架而訂的規矩？」

「是啊。只要是吵架的第二天，兩人就必須一起去遊樂園玩的規矩。」

「這、這有什麼意義……？」

「妳想想，在尷尬的氣氛下，兩人又必須一起去遊樂園玩這簡直就是地獄吧？」

「啊——為了避免那種情形，雙方自然就不會落入吵架那一步。這種規矩，真的有效嗎？」

「有喔。託此之福，還養成了每三天就要坐一次旋轉咖啡杯的習慣。」

「謝謝你說了這個超級有意思的美式笑話啊。」

夏凪露出打心底感到無趣的表情，還誇張地高舉雙手。怎麼樣，美式幽默很好玩吧。

「是說。」

但這回，她臉上又浮現好像在試探我的表情。

「君塚只要聊到希耶絲塔小姐的事，感覺就很開心？」

她用這種有言外之意的口吻問道。

「……沒那回事。基本上我是不想主動提到希耶絲塔的，事到如今對她也沒任何興趣了。」

「不，這種話恐怕沒人會信吧。」

夏凪以認真的表情搖搖手。騙人的吧，這太奇怪了。

「而且。」

夏凪刻意躲避著我的視線並這麼說。

「君塚果然覺得，只要希耶絲塔在，什麼都好吧。」

這一定是雙方都下意識迴避的話題吧，結果夏凪最後還是說了出來。

這時她的側臉，總覺得隱約有些寂寞。

「妳別在意這個。」

我用這句脫口而出的話，堵住了夏凪恐怕想繼續說下去的臺詞。

「在跟希耶絲塔認識以前，我本來就是自己一個人過。」

因此，不能怪罪夏凪。誰都不會認為夏凪從我這奪走了什麼。更重要的是，我不容許任何人說這種話。

「君塚真溫柔呢。」

夏凪含糊不清的聲音傳入耳中。

這時我才發現，夏凪已經把自己的臉埋進膝蓋裡。

「不過果然還是不行。就算跟朋友聊天，或是像這樣受到君塚鼓勵，那幅光景也無法從我的腦海離去。我，奪走了希耶絲塔小姐的心臟，那是——」

夏凪說到這打住了。

在只有我們兩人的屋頂上，唯獨夜風發出靜靜的呼嘯聲。

夏凪親手，奪走了希耶絲塔的生命。

這項事實無論如何都是無法改變的。就算犯錯的是她另一個人格……而且又是希耶絲塔自己所期望的結果，但夏凪的罪惡感還是無法洗清。至少夏凪本人始終這麼認為。

「況且，不只是希耶絲塔小姐。我還害了其他許多無辜的人，就在倫敦那——」

這是將夏凪永遠綑綁在罪惡感裡的重重束縛、詛咒。不論是誰用言語激勵她，夏凪都比任何人更無法原諒自己。

在這種狀況下，說起我所能做的——

「太灰暗了。」

對著夏凪穿水手服的背部，我用食指輕輕滑了一下。

「咿呀！」

從夏凪口中發出了我前所未聞的嬌喘，只見她慌忙用右手摀住嘴。

「嘎、嘎、嘎嘎嘎嘎嘎嘎嘎嘎嘎嘎嘎嘎！」

隨後，即便是在一片漆黑中也能分辨出已滿臉漲紅的夏凪，正嘴巴一開一闔地狠狠瞪著我。

「唉，聽好囉夏凪。」

「我生氣的回合還沒結束耶！」

「咦？妳不是有那樣的性癖嗎？」

「加、加、加加加加加加加加加加倍殺死你！」

「好，終於恢復正常了。」

「不要用別人的口頭禪來測量她的元氣值！」

夏凪從一旁砰砰砰地捶打我。果然恢復精神了嘛。

「以前。」

我回憶著昨天討論過的一年前往事並這麼說道。

「以前，我也曾陷入無可奈何的沮喪當中，整個人縮成一團……這時希耶絲塔就會拍打我的背。」

「……這是發生在？」

夏凪停止捶打我的手。

是啊，妳也很清楚才對。那是在一年前，愛莉西亞……也就是夏凪被變色龍帶去《SPES》的根據地時。陷入絕望的我，被希耶絲塔用力拍打背部，這才讓我重新認識到自己該採取的行動。

「因此，我以後也會拍打妳的背，甚至握住妳的手。」

「……可是你剛才是用指尖劃我的背耶？」

……嗯意義大致一樣啦，差不多就好。

「妳現在就盡量消沉沒關係。」

我緩緩挪動身子，仰躺在地板上。

視野裡，被一片星空占據。

「想點什麼外賣吃就盡量點，或是去看感動落淚的電影大哭一場也行。對那些不如人意的沒道理事情隨便用什麼髒話臭罵都無妨，如果習慣去卡拉ＯＫ發洩壓力的話，我也可以陪妳唱通宵。如果做完那些還是無法洗刷罪惡感，那就讓我幫妳背負一半吧。並不是只有妳不好，我當時也沒能成功挽救希耶絲塔。所以至少……至少，夏凪的痛苦，就讓我幫忙承受。」

「君塚……」

夏凪愕然地俯瞰躺在地上的我。

……哎呀，剛才耍帥過頭了嗎？既然這樣。

「好吧，妳看喔，該怎麼說，我自己講有點奇怪，反正就是覺得已經沒有退路了吧……」

我對是否要繼續說完感到遲疑，不過最終還是下定決心。

「……畢竟我已經習慣被女生虐待了。」

因此，就算要背負夏凪的痛苦，也不算什麼。

「……噗。」

這時，我聽見了噗嗤一聲。

「哈哈，啊哈哈哈哈哈哈！」

「喂，妳笑得太誇張了吧！」

「咦，怎麼，為何突然就開啟性癖爆料大會？」

「……唔！妳這傢伙，我可是！很努力地！在安慰妳啊！」

咕，為什麼會變這樣。真不講理啊……

「激勵我的方式竟然是主動告白自己是受虐狂……真糟糕耶，君塚比我想像得還要糟糕。」

「妳這傢……唔！別再笑了！真要說起來妳也是同類吧！」
「哎呀，我跟君塚嗎，不過同一個詞對男女來說意義也有差耶。」
「唔，唉，剛才真不該說的……不，不對，其實剛才那些都是騙妳的。只是為了激勵夏凪才故意搞笑，真正的我並沒有那種性癖……」
我語無倫次地爬起身否定道。
「真是的，你這個笨蛋。」
咚──夏凪的臉埋入了我的胸膛。
「你這個，笨蛋。」
夏凪邊說邊笑……但等我回過神才發現她在哭泣。
她緊咬嘴唇，彷彿為了避免洩出嗚咽聲，淚水濡溼了我的襯衫。
「妳到底想哭還是想笑啊。」
口頭上雖然這麼說，但我很清楚。
無論何時都會全力發怒、喜悅、歡笑、哭泣。
這就是夏凪渚的本質──所謂的熱情。
「多虧妳能忍到現在啊。」

我遠眺星辰，一邊輕撫她的頭。

希耶絲塔所託付的紅色緞帶，還紮在夏凪頭上。

「……唔……………嗚！」

在夜晚的屋頂上，感情的奔流如大雨滂沱。

然而即便如此，今晚的星空卻美麗到讓人不捨的程度。

◆對神發誓我並沒有說過○○

那之後我們返回校園內，憑藉手機的照明在夜晚的校舍漫步。

校舍一片昏暗。時間自然已經很晚了，甚至有點像試膽大會。

「那麼，君塚已經哭完了，得好好思考一下之後的計畫才行。」

這時走在我身旁的夏凪，啪地拍了一下自己的臉頰。

「別誣賴我好嗎，我的襯衫上全都是妳黏糊糊的眼淚跟鼻水耶。」

在學校屋頂上，夏凪靠著我的胸膛哭了十幾分鐘。為了讓她徹底釋放情緒，我的制服也壯烈犧牲了。

「唔……你明明說要幫我承擔一半的。」

「冷靜下來後覺得那種話實在太丟臉了所以還是不要吧。」

「──可以把妳一半的人生，託付給我嗎？」

「對天地發誓我沒說過那種話！」

而且模仿我也不像。真是的，才剛恢復精神她就馬上這樣。

「……都送過我戒指了。」

「……一年前的那個不算吧。」

話說回來，當夏凪以愛莉西亞的身分出現時也曾像這樣牽著我的手啊。

「……為、為什麼我現在會那麼自然就讓你牽手啊？」

攻守逆轉。夏凪以微妙的慌張口氣問道。平常對我總是帶刺就像個虐待狂的她，對這種突然的襲擊抵抗力相當弱。

「先說好喔夏凪，在這個世界上我最怕的就是幽靈。」

「呃，哪有人說這種話的時候態度這麼囂張的──」

「況且在屋頂時我也說過吧？不論何時，我都願意握住妳的手。」

「這種回收伏筆的方式真是有夠遜耶？」

而且又有一種既視感……夏凪低聲咕噥道。這麼說來在四年前，我剛跟希耶絲塔認識時，在校慶的鬼屋裡也出現過類似的對話。

「是說君塚，你手汗好嚴重啊。」

「嗯？我只要一想恐怖的事汗就會嚇得縮回去了。」

「…………」

「那麼，夏凪妳又為什麼會冒手汗？」

「……君塚最討厭了。」

像這種單純又輕易自掘墳墓的女高中生，真是有趣又可愛啊。

「那麼……關於《希耶絲塔》所說的，要**找出錯誤**那件事。」

這時夏凪或許是把心境整理好了吧，主動道出那個課題。假使她想要繼承《名偵探》，就得從那段過去的影片中找出某個錯誤才行。

「君塚有什麼頭緒嗎？」

「不，完全沒有……不過。」

「不過？」

我試著將腦中唯一掛念的一點，告訴夏凪。

「刻意隔了一年才告知我們過去的真相，為什麼還有必要在影片裡混入**錯誤**？」

「……你的意思是，希耶絲塔小姐並不是刻意混入錯誤的？」

是啊，就是那樣。正因為生前的希耶絲塔相信過去那些是真相，才決定做為事實告訴我們。結果後來卻不管前面的安排，說影片裡面有錯誤，那也就是說——

「生前的希耶絲塔，犯了失誤。」

除此之外想不到別的。在一年前的那起事件中，還隱藏了另一個祕密。《希耶絲塔》想要我們設法解決的就是這個。

「不過，那個希耶絲塔小姐怎麼可能會犯下失誤呢？」

夏凪詫異地蹙起眉。

我可以理解夏凪為何會感到狐疑。我在那位名偵探身邊待了三年，從未見過她犯下任何決定性的錯誤。希耶絲塔永遠都是無比正確的。像這樣的她，究竟會出現什麼樣的失誤？

「君塚，你也有對希耶絲塔小姐不理解之處呀。」

這時夏凪好像很不可思議地歪著腦袋。

「我還以為你連她的三圍都知道哩。」

「嗯，那個我倒是有把握。」

三年都生活在一塊，不知道才奇怪吧。

「……不，那是不可能的。正常情況下應該不會有知道三圍的機會。」

「是嗎？不過只要摸過以後大致上…………忘了剛才的話吧。」

由於夏凪悄悄甩開了我的手，我慌忙加以更正。這裡要先說清楚喔，所謂摸過……只是偶然、不小心碰到而已。就是所謂的不可抗力。沒錯，那種柔軟的程度真是不可抗力啊。

姑且先不談這個了。

「假使那段過去真有什麼錯誤，直接去問當時的相關者不是比較快嗎？」

為了找出錯誤我如此提議道。

「或許行得通。按照《希耶絲塔》的說詞，就把範圍限定在一年前的那起事件囉？」

「是啊。至於校慶的黑歷史就不算進去了。」

其實我也不是完全不願回憶。總之就從倫敦以及那個《ＳＰＥＳ》據點裡發生的一連串事件相關者調查起吧。

「首先要以君塚跟希耶絲塔小姐為核心……然後就是我，對吧。」

「是啊。反過來說，要是除了這三者以外還有其他人可以問就好了……」

一想到這，我腦中首先浮現的人是夏露。她也是我們潛入《ＳＰＥＳ》基地的同行人員。然而，當初提及要找錯誤這個話題時，夏露在現場並沒有任何特殊的發言，這也代表她心中並無線索吧。

「呃，那麼，敵人的首腦？」

「席德嗎……那傢伙的確像是能摸透我們的一切，不過我們現在連他在哪都不知道哩。」

……不過，對喔，誰說一定要找熟識的人求助啊。

「唔——可是一旦說起其他敵人……」

是啊，跟一年前那起事件相關的地獄三頭犬和變色龍都已經死了。

然而，還有一個**最重要的人物**殘存著。

「海拉。」

我這麼說道，夏凪微微瞪大雙眼。

「可是，海拉不是被希耶絲塔小姐封印在我體內嗎？」

「沒錯，被封印，但是並不是消失。」

「你要把她叫出來？這麼一來希耶絲塔小姐把她關起來不就毫無……」

「一年。」

我再度對夏凪說道。

「花了一年，那個希耶絲塔一定已經說服她了，絕對沒問題的。」

況且，如果這招真的出問題，希耶絲塔就算在體內大鬧也會拚命阻止夏凪。而假使希耶絲塔沒任何反應，就代表這招必定不錯。只不過問題在——

「要怎樣才能把海拉叫出來。」

之前希耶絲塔從夏凪體內冒出來，可是我陷入危機的時候。

「不如回屋頂我把你推下去吧，搞不好緊要關頭……」

「什麼緊要關頭，那樣我會完全死翹翹吧。」

不要抵著下顎露出一副「這樣行得通嗎……？」的表情好嗎，重視一下助手的性命啊。

「是說，就算我遭遇危機，海拉也不會出現救我吧。」

這麼一來，該怎麼辦才好。我跟夏凪想不出任何點子，就在這時。

「你們的話我聽到了。」

「……！」

突然，某人的聲音介入我們。

緊接著出現在我們眼前的那傢伙，用手電筒的光照著自己的臉這麼說道。

「——想叫出海拉的話，請交給我來辦。」

在黑暗中，浮出一張蒼白臉孔的《希耶絲塔》，就好像幽靈一樣佇立著。

「渚，能伸出援手嗎，君彥正陷入緊急狀況。」

「在我的人生歷史裡，還是第一次看到軟腿軟得這麼乾淨俐落的人。」

◆隨後巨惡再度降臨

那之後又過了十幾分鐘。

更換場所的我們三人，在公寓的一個房間集合。

其實說穿了，這裡就是我獨居的家。以前當希耶絲塔助手時勉強存下的錢如今已經耗盡了，所以生活過得很拮据。

「男生的房間……」

這時夏凪不知為何露出一副坐立難安的樣子，對房間左顧右盼。

「既然直接把我帶過來了，身為男人是不是該負起責任？」

「夏凪，妳把心中那些胡言亂語洩漏出來囉。」

好吧只要她稍微恢復精神，或許就該感到高興了。

「所以？為什麼要來我家？」

我對另外一位正一臉若無其事在我房間裡來回踱步的《希耶絲塔》這麼問道。

「要找一個即使引發騷動也不會出事的地方，這裡算是最近的了。」

「說什麼發生騷動也沒關係，有問過屋主的意見嗎？」

不聽他人的意見逕自推動事情這點，倒是完全不輸給希耶絲塔本尊。

……不，比起那個現在有更重要的事。

「偵探找委託人伸出援手，天底下有這種事嗎？」

雖說我們已採納她自稱能叫出海拉的提議，但仔細想想，當初委託我們找出錯誤的正是《希耶絲塔》本人，我們這麼輕易就藉助她本身的力量真的好嗎？

「君彥果然是笨蛋。」

結果《希耶絲塔》瞥了我一眼。

「希耶絲塔大人有說過吧，要不顧一切守護委託人的利益。」

……原來如此。只要是為了達成委託人的心願，就算請委託人本人幫忙也在所不惜。

「所以？妳真能叫出海拉？」

「嗯，當然。」

《希耶絲塔》很乾脆地這麼答道。

「只是需要稍微準備一下……對了，首先，你家裡有鏡子嗎？」

「鏡子？如果是穿衣鏡的話有。」

雖然不清楚要這個做什麼，但我還是把收在衣櫥裡的大鏡子搬出來。

「這穿衣鏡還真大耶。」

「是啊，為了確認我每天鍛鍊肌肉的成果才買的。」

「咦，那你為什麼把它收起來？」

「是說妳要找鏡子做什麼？」

「毫不遲疑就轉移了話題呢。」

我聽不懂妳在說什麼喔。其實今天正好打算重新開始練肌肉的，這是真的，沒騙人。

「要把海拉從這面鏡子裡叫出來。」

這時《希耶絲塔》說了一句如此荒唐無稽的話。

「為什麼你一臉狐疑的表情？」

「因為妳突然提起那種玄學的東西啊。」

「比起巨大機器人或外星人什麼的，這個規模可是小多了。」

「比起科幻，我覺得奇幻的東西更接近鬼扯耶。」

雖然我不清楚玄學是否該歸類奇幻的領域。

「所以反過來說，你只相信親眼所見的事物囉。」

《希耶絲塔》說到這，把別在自己腰際的某樣東西取下來，遞到面前展示給我們看。

「小鏡子？」

夏凪見狀不解地歪著頭。

那看起來的確只像一面普通的圓形手鏡……不過，那恐怕是。

「希耶絲塔的《七種道具》嗎？」

這是那傢伙為了解決事件，過去曾使用過的七種祕密道具。以隨身背著的滑膛槍為首，能無視重力移動的鞋子應該也是其中之一。結果這位《希耶絲塔》，竟然連七種道具的其中之一都繼承了嗎？

「老實說這面小鏡子，具備像底片一樣能把映照在鏡面上景物記錄下來的功能……我現在就把裡面的影像資料叫出來。」

《希耶絲塔》二話不說，就在鏡面上切換著各種不同的光景，許許多多的畫面出現又消失。雖然她說這像照相機底片，但其實功能幾乎跟錄影機一樣，我過去跟希耶絲塔踏上旅程的樣子也收錄在其中。之前在監禁地點播放的那段影片，看來就是用這些資料剪輯出來的。

隨後在像是快轉的鏡中影像裡，到了某一格突然停住了。

「這是……在倫敦的……」

映照在鏡面上的，是海拉以驚愕表情瞪大紅色眼眸的模樣。

這是我們首度跟海拉在倫敦交戰時，希耶絲塔以這面小鏡子反過來利用海拉紅眼的洗腦效果，並收下暫時的勝利。

「這個，也是我嗎？」

夏凪驀然湊近鏡子，低聲咕噥一句。

這就是夏凪的另一個面貌——海拉。當然我在一年前已經見過了，不過海拉跟如今的夏凪髮型相異，軍裝、軍帽，以及說話方式等氣質都截然不同。如今像這樣把兩者放在一起比對，除了眼珠顏色以外，可說是沒有任何相似之處。

「——不過，不得不承認。」

即便如此，夏凪還是強迫自己面對鏡子裡的現實……凝視另一個自己。

「所以《希耶絲塔》小姐，要怎樣才能跟另一個我見面？」

「不，我覺得那未免太……」

我忍不住插嘴道。正如屏風上的老虎是不會跳出來的一樣，鏡子也無法映照出分身。結果，《希耶絲塔》卻說。

「兩面鏡子相對。」

她絲毫不猶豫地說出了這句話。

「你們沒聽過嗎，兩面鏡子相對的都市傳說。」

「嗯，好像經常聽說那樣會不吉利之類的。」

我這麼說完，夏凪也微微點點頭。

「兩面鏡子相對，謠傳會有這樣的結果喔。據說——能把惡魔召喚出來。又據說——可以映照出過去和未來。」

「……！」

我跟夏凪瞪大眼睛對看一眼。這些謠傳不論是何者，都足以讓人聯想起某個存在……然而這種理論太過超現實也是無可否認的。

「渚，請站在鏡子前面。」

不過《希耶絲塔》依然面不改色地引導渚來到穿衣鏡前方幾公尺之處，並讓她自己拿著那面手鏡。這麼一來就變成兩面鏡子相對了——在小鏡子中也映照出夏凪的臉。

「要稍微準備一下。」

接下來，《希耶絲塔》又拿出一只裡面已經點了火的提燈，關掉房內的照明。現在已經夜深了，房間只有一小撮橘色火焰妖異地搖曳著。這也是兩面鏡子相對所需要的儀式嗎？

「那麼，我們兩個要稍微站遠一點。渚請在原地仔細凝視鏡中的自己吧。」

說完，留下站在牆邊鏡子前的夏凪，我們稍微往後拉開距離。

然後就這樣等了幾分鐘。

「什麼都沒有發生啊。」

除了大的穿衣鏡上按照物理現象必定會出現夏凪的身影外，根本看不出任何不可思議的要素。更不用提海拉突然現身這種不可能的事。

「喂，《希耶絲塔》，這到底有什麼意義……」

於是，我不耐地開口問，這時。

「看來還需要一個觸發的開關呢。」

只見《希耶絲塔》走近夏凪，把她頭髮上所紮的紅色緞帶取下來。

「……！」

下一瞬間，鏡裡那對紅色眼眸陡然睜大。

失去希耶絲塔緞帶這項束縛的那個身影，讓我聯想到另一個人。在幽暗當中，橘色火焰的映照下，夏凪朝鏡面伸出指尖。

「另一個，我……？」

夏凪彷彿說夢話般喃喃自語著。她右手手掌蓋到鏡面上。隨後她先是用力緊閉雙眼，數秒後，再次睜開紅色的眼眸。

「夏凪？」

我的呼喚並沒有讓夏凪回過頭。

取而代之的——是鏡裡的夏凪，對眼前的夏凪本人這麼說道。

「真是久違了呢，主人。」

◆無人知曉的那天之事

「那就是，海拉嗎？」

佇立在鏡中的紅眼少女，外表當然還是夏凪渚的模樣。

但鏡子裡的她卻——

「真是久違了呢，主人。」

對站在穿衣鏡前的夏凪這麼說道。

主人。那是一年前，海拉對愛莉西亞……也就是夏凪的稱呼方式。意思就是說，如今這個說話的人是——

「是另一個我，對嗎？」

夏凪後退了幾步，對著鏡子這麼說道。

「沒錯，我就是另一個妳。代號海拉。」

鏡子另一頭的人物才剛這麼回答。

「都是一些懷念的臉孔呢。」

她又隔著鏡子，注視拉開距離站在後頭的我跟《希耶絲塔》。

「看吧，跟我以前說過的一樣。**你遲早有一天會成為我的搭檔**。」

那是一年前，我被她擄走時她對我說的話。

根據記載未來的《聖典》，我跟海拉註定會成為搭檔。

然而——

「真抱歉。跟我變成搭檔的並不是妳，而是妳的主人。」

一年前我也說過好幾遍，我才不想被《聖典》什麼的擺布。

「你還是一樣這麼冷淡呢。」

鏡中人物露出薄薄一層微笑。

這傢伙，真的是那個海拉嗎……？我窺伺一旁《希耶絲塔》的反應，但她依然只是面無表情地盯著前方而已。

「所以呢？隔了一年後特地把我叫出來有何貴幹？」

鏡中少女又說了句「難不成」並瞇起眼。

「是想讓我承受更多的痛苦？」

這句嘲諷是針對夏凪的。

一年前，正如最終決戰時所說的那樣，海拉是夏凪為了逃避《ＳＰＥＳ》實驗所帶來的痛苦而製造的另一個人格。正因如此，海拉才會變成如此扭曲、凶惡的存在。

「錯了。」

我忍不住介入那兩人的對話。

「是關於一年前的事……關於希耶絲塔，有事情想問妳。」

從《魔鬼傑克》引發的那一連串事件，其核心人物是海拉的話，那她或許會察覺到希耶絲塔當時所犯的失誤也說不定……沒錯，我是這麼期待的，然而。

「我不知道。」

海拉斬釘截鐵地搖搖頭。

「在這整整一年裡，就是因為那個名偵探害我無法去外面的世界，害我生了一肚子悶氣。所以請不要在我面前再度提起那個名字。」

說完，海拉彷彿很忌憚地瞪著站在鏡子前的夏凪左胸口。

「……既然如此。」

這回，輪到被點名的夏凪回瞪著鏡子的自己。

「那就反過來，請妳說出自己的故事吧。」

這是從其他角度進攻的作戰策略嗎？首先促使海拉說話，接著再引入一年前的事件……或者是轉移到跟希耶絲塔相關的話題。

「想知道我的故事？哈哈，事到如今還提這個做什麼。」

結果海拉果然在鏡子裡嘲諷似地歪著嘴唇。

「我沒有什麼故事好告訴你們的。就算有，也已經在一年前的戰鬥中說完了。那次的結果是我敗北，悽慘地被封印在主人體內。還是說，你們果然是特地來嘲笑我難堪的下場？」

「不是那樣！」

這時，夏凪對鏡子大喊道。

「我指的並不是那些什麼使命、戰鬥意義之類的……光靠上述並無法理解妳這個人。」

「……那，主人是想知道我的什麼事？」

海拉好像有點困惑地皺起眉。

「呃，就是那個…………嗜、嗜好之類？」

妳以為在相親嗎？

看吧，連那個海拉都一臉無言的表情。

「──可是，那是我的真心話。」

但夏凪並沒有退縮，只是恢復嚴肅的表情凝視鏡子。

「我想知道的是，好比妳喜歡的紅茶風味，或是妳聽不聽流行歌曲，還有妳會不會花很長的時間泡澡等等。我想知道的是**妳上述的那些面向**。」

因此──夏凪邊說邊朝鏡子踏出一步。

「請告訴我，關於妳的故事。」

她對另一個自己，這麼懇求道。

……是啊，沒錯，夏凪就是這樣的人。

這就是她的熱情。跟作戰策略什麼的毫不相干。

她只是純粹地想要跟另一個自己對話罷了。

「……無聊。」

結果，海拉卻以這種咕噥聲立刻否定夏凪的熱情。

「況且關於我的事，主人本身應該最清楚才對。」

「那是什麼意思？」

夏凪困惑似地偏著頭。

「畢竟，誕生出我的人就是主人自己啊。因此與其問我，不如去追溯自己的記憶比較快。」

追溯記憶——對喔，就算夏凪也看過一年前的那段影片，她依然尚未將人生十八年的所有記憶找回來。在此之前，她有許多記憶跟情緒都委由海拉這另一個人格代勞。

「不過，這對目前的夏凪來說是強人所難……」

「既然如此。」

我的話被海拉打斷了。

「你們都拜託到這種地步了，我就稍微幫點小忙吧。試著把我……以及主人的記憶都一起找回來。」

這時，海拉的**紅眼發出光芒**。

「那麼，**就聽我代為傳述吧**——關於主人自己的故事。」

◆另一個該被傳述的過去

早晨，每次一睜開眼我都會想著「這張床會不會太硬了？」這件事。

「腰好痛……」

我一邊伸懶腰一邊聽全身關節發出悲鳴。

這種待遇對一個還在發育期的小孩來說不太合理吧？雖說我不能否認內心有這種質疑，但實際上我卻無法抱怨。像這樣有人願意照顧自己就應該心存感激了。

「得先量一下體溫才行。」

我開始每天例行公事地起床後量體溫，將溫度計塞入睡衣中……這時，插入自己右手的點滴針頭自然而然映入眼簾。儘管是一如往常的光景，但目睹自己被針插入依然不是件舒服的事。

「三十七點二度。」

體溫幾乎跟平常一樣。記錄在紙上後，我再度鑽進硬邦邦的床鋪等待早餐時間。這樣的生活，從我出生以來已經持續十二年了。

我一生下來就有心臟疾病，只能乖乖待在病房度日。我不能去外頭跟朋友玩，會來訪問我的也只有巡房的醫師而已。

甚至，我連父母親都沒有，聽說是我一生下來就把我拋棄了。也就是說，我舉目無親加上不治之症，跟如今那種催淚連續劇會採用的不幸女主角設定很像。此外，我所處的設施，收容的都是跟我一樣被雙親捨棄的小孩，而我正在裡面的病房。

「……唉，真可憐。」

我同情著自己。為什麼非得要遭遇這種事不可呢。

「啊啊——可不可以有某位白馬王子來接我走啊。」

然後把我帶離這張硬邦邦的床到遙遠的國度去……這樣的妄想感覺也太丟臉了吧。

「可以接受不是白馬王子的我重新來到妳面前嗎——渚。」

突然，有個聲音呼喚我的名字。我朝那個方向看去……結果，窗上映照出一個人影。附帶一提，這個房間是在建築物的三樓。真是的，每次都要這麼大費周章，我發出苦笑。

「為什麼無視我啊。」

隨後，那個人影從窗外插入一個謎樣的道具，撬開鎖後進入房間。看來我不能再裝作沒發現了。

「有什麼事嗎——希耶絲塔。」

我故意對那位闖入者翻起白眼。

「明明難得有朋友來找妳玩，妳還是那麼冷淡呢。」

這時她——希耶絲塔，駕輕就熟地從病房角落搬來一張圓凳，坐到我的床邊。

我剛才雖說會來拜訪我的只有醫生，但其實是我忘了，最近我才交到了一**些損友**。

首先其中一人，就是希耶絲塔。

銀白色的秀髮與碧青的瞳孔，就純日本血統的我看來，真是無比羨慕的外貌。

「哎呀，妳的臉好像髒了？」

是說，我發現希耶絲塔的臉頰上沾了好像被燻黑的髒汙，本來她的肌膚應該是雪白到不輸給她的髮色才對。

「啊啊，因為剛好製作炸彈失敗了才會弄髒。」

「不要說得好像在捏泥巴球一樣。」

一大早這孩子就在做什麼啊……

「不可以再製作炸彈了。」

我用這句希望一生不會再說第二遍的臺詞對希耶絲塔告誡道。

「可是，總有一天會想炸掉什麼東西啊，好比公司之類。」

「不論有什麼理由也不能炸掉公司。」

我可不想有個會因為討厭上班就在公司放炸彈而被逮捕的朋友。

「哈，不過先提議要做炸彈的是**那女孩**就是了。」

「……啊——」

正當我很不情願地表示可以理解時。

「誰是那女孩啊，好好叫我的名字不行嗎？」

有張臉孔這麼說完後，繼希耶絲塔從窗口冒了出來，那是一位留著桃紅色長髮的少女。她的外表就像洋娃娃一樣可愛……然而她的個性卻不如外表，很難以溫柔嫻靜稱之，這就是我的**第二位損友**。

「……唉，竟然連妳也來了。」

看著她們連袂出現，我沮喪地垂下雙肩。老實說，一旦這兩人湊到一塊，就跟為了看美式足球而齊聚一堂開轟趴的美國人一樣吵鬧。

「妳那是什麼反應嘛！**小渚**，太過分了！」

結果她很不服氣似地跳入病房，開始用軟綿綿的拳頭捶打我。

「我們可是好友三人組耶！」

「過去也曾有那個時代啊。」

「是現在進行式啦！我每天都會詳細寫下三人一起玩的日記喔！」

「好啦好啦，我知道啦。**小愛**。」

這兩人，正是我最近交到的損友。

此外，她們也真的是很奇怪的女孩。

住在這間設施裡的所有孩子都很聽大人的話。我想那八成是因為，大家都有一種害怕被大人拋棄的強迫症吧，可是這兩人卻毫無那種感覺。因此她們不但會做炸彈，還會像這樣爬牆登上我這個理應禁止進入的病房。真是的，這兩個怪女孩簡直叫人無言。

「為什麼渚要用一種萬般無奈的表情看我們啊。」

這時希耶絲塔好像很不滿地用陰沉的眼神看我。

「不，我只是覺得愛惹麻煩的孩子很可愛。」

「……我怎麼覺得自己才是三人當中最像大人的。」

「那真遺憾啊，真正的大人才不會說自己像大人。」

「小渚，妳剛才說我可愛對嗎？欸嘿嘿，看呀看呀～這套連身裙是我親手做的！」

「我的真正意思不是那個，還有不要原地轉圈，內褲都被看到了。」

「哇，真的耶。那，小希也一起轉圈吧，這麼一來就能用多數票贏過小渚了。」

「我才不想參加這種投票，還有不准叫我小希……」

說起我們之間的對話，向來都是這種感覺。某人先說了蠢話，另一人加以吐槽，這樣最後大家都會忍不住笑出來。

對於這樣的日常，我——

「打擾了。」

然而，就在這時，伴隨一陣敲門聲，有個穿白袍的六十歲左右男子進入病房。

「今天感覺怎麼樣……等等，妳們也在喔。」

除了是醫生也是這間孤兒院院長的他，察覺到除了我以外的兩人存在後便露出苦笑。不過對那兩人發火是沒有用的，他已經很不情願地理解了這點。

「這個，是**他們**送來的。」

「……？哇啊！」

說完他所遞過來的，是一隻嶄新的熊布偶。雖然這玩具好像太幼稚了，但老實說還是非常可愛。

「記得對方有女兒，好像說比妳們小三歲左右吧，所以自然就會用自己女兒的基準來選了。」

把熊布偶送給我們的，是某對富裕的日本夫婦。據說他們對這間孤兒院捐了大筆的錢，此外還會像這樣定期送我們禮物。雖然我沒見過對方，但一想到有人在關心我們還是挺高興的。

「所以，你有什麼事？」

希耶絲塔冷不防對醫生問。簡直就像她很清楚對方不是單純為了送禮物而來我這裡一樣。

「……真拿妳沒辦法啊。」

醫生再度露出微微的苦笑。

「老實說，今天希望大家在早餐前幫我一個忙，因為必須要在空腹狀態下才行。」

醫生對我們這樣提議道。

「是嗎，知道了。」

結果希耶絲塔既沒有惡作劇也沒有抵抗，只是點點頭。小愛也像是很習慣般說了句「真沒辦法啊」並雙手扠腰，輕易接受這件事……然而，我卻——

「看起來，妳好像很討厭啊。」

男醫生看了我的臉色，很為難地喃喃說道。像這樣的互動，每次都在重複，不過，不論對方說什麼，只有這件事我還是無法——

「這都是為了妳們，妳們應該可以理解吧？」

「……是的。」

其實，我心底很清楚。所以每次到了最後，都不得不聽大人們的話去做。

「謝謝妳的合作——602號。」

男子浮現滿意的笑容，或許是事情辦完了，他立刻準備離開。

對於這樣的他，我——

「不對。」

總覺得必須回嘴一句才行，於是我對著他的背影道。

「我的名字不是602號——是渚。」

渚——這是希耶絲塔為我取的名字。

在這個大家都被冠上號碼的地方，她賜給我的名字。

「……是這樣啊。」

醫生再度回過頭，露出柔和的笑容並走了出去。

「渚……」

希耶絲塔彷彿欲言又止地凝視我。

「嗯，我知道。」

這時，我心想著之後要持續忍受數小時的痛苦，便點點頭。

那位醫生要我幫忙的，是這座設施裡的**藥物實驗**。

這間孤兒院的營運費用，是透過對小孩們的醫學臨床試驗賺來的。

◆那簡直就跟偵探一樣

藥物實驗，約莫是以兩週一次的頻率進行。

以收容於設施的數十個孩子為實驗對象，就連心臟有疾病的我也不能例外，每回都必定要參加。據說正因為不是健康狀態的人類所以資料更有用處，也因此我的身體負擔比其他人都大。

臨床試驗伴隨許多副作用，如發燒和嘔吐，有時還會有燒灼般的痛苦蔓延全身。不過這間設施的營運是靠我們努力才支撐下去的……且對於未知的疾病，協助研究治療藥物會讓人產生一種使命感，這才是讓孩子們挺身而出的原動力。

此外還有另一個，讓我特別努力的理由。

那就是損友的存在。

首先是希耶絲塔——對孑然一身的我，她是幾個月前才認識的朋友。不知道她是從哪個設施轉來的，也不清楚她的國籍。不過，她幾乎每天都會來找苦悶不堪的我玩，還陪我說話。

接著以此為契機，又增加了另一位同伴。小愛，是希耶絲塔某天說「發現了有趣的東西」，簡直把她視為新玩具般帶來的少女。不過希耶絲塔並沒有說錯，只要有小愛在就不會無聊……總而言之，我很期待那兩人來找我玩的日子。

——但明明如此。

「為什麼不來了呢。」

自從那天的實驗結束後，過了一天、三天、一個禮拜——那兩人完全沒在病房現身。難道是我說了什麼讓她們不舒服的話嗎？還是，她們自己出了什麼事……

「……到底上哪去了。」

可是，如今我所能做的，也只有待在病房裡等待她們過來而已。雖然很寂寞但也沒辦法。反正我一開始本來就是孤獨一人。況且我跟希耶絲塔還經常吵架，或許這樣比較好吧。就算寂寞但也沒辦法。

……我，真的寂寞嗎？

我厭惡起任性的自己，想要把這個討厭的自己扔到其他地方去。

啊啊——要是有誰能幫忙分擔一下這個我就好了。

「唉。」

我發出從未被其他人聽過的重重嘆息聲。

「據說每嘆一口氣，婚期就會往後延一年喔。」

這時，希耶絲塔的腦袋突然從床底下扭出來。

「呀啊啊啊啊啊啊啊啊啊啊啊！」

我想也不想就把布偶扔向她。

「拜託，那麼大聲會害我被抓的。」

「這麼糟糕的人是該早點抓起來！」

嚇、嚇死人了，心臟差點就停了……

這孩子是不是忘了我心臟不好啊，拜託饒了我吧……

「寂寞嗎？」

「……沒有。我正在享受久違的獨處時光。」

我為了躲避希耶絲塔的追問回床上重新躺好。像這種時候我都會盯著天花板的圖案無視她。

「說謊也會令婚期延後喔？」

結果，這次輪到天花板冷不防打開，小愛的臉從裡面探出來。

「呀啊啊啊啊啊啊啊啊啊啊啊！妳們是真的想害我心跳停止嗎！」

還有妳們兩個，別再提倡那種聽都沒聽過的詭異迷信好嗎……是希望我的婚期拖到多晚啊。

「老實說，今天有件比較嚴肅的事。」

希耶絲塔「嘿咻」一聲從床底爬出來，坐在我旁邊那張圓凳上。

「哎呀，那我的座位呢？」

這時，天花板上的小愛問希耶絲塔。

「妳就繼續趴在那上頭待命吧。」

「小希，妳這樣已經是明顯對我冷淡了吧？」

希耶絲塔看也不看天花板的小愛一眼，開始對我說道。

「我來到這座設施也三個月了，對某些疑點滿在意的。」

這時，希耶絲塔不知為何開始對房間東張西望……最後，她把我剛才扔過去的小熊布偶撿起來。

「像這樣明明有外界的捐助，為什麼我們還要做臨床試驗？」

看來，希耶絲塔是對設施的營運經費需要靠臨床試驗賺錢這點感到疑惑。確實，假使設施的營運高層是把小孩們當作臨床試驗的工具並斂財的話，那就是一大問題了。大家之所以要忍耐那些其實很厭惡的藥物實驗，也是為了守護在這裡的生活。

「況且，看這個。」

這時希耶絲塔拉開熊布偶背後的拉鍊，有個東西順勢從裡面掉了出來……我見狀忍不住瞪大雙眼。

掉在地板上那個小而圓、外觀看似水銀電池的機器是——

「竊聽器。」

天花板上的小愛托著腮答道。

「這座設施，對我們這些小孩隱瞞了某些事。」
「……！所以我們被監視了？那麼剛才的對話不是也被聽到了……」
當我擔憂起這件事時。
「放心吧。」
希耶絲塔斬釘截鐵地斷言道。
「這個房間裡的對話，已經被我替換成一段偽造的錄音了。」
「等一下，我什麼時候變成諜報片的演員了！」
「為了準備那些，所以這一週都沒有過來玩，真抱歉呢。」
「所謂的準備究竟是指什麼！妳是怎麼辦到的啊！」
唉，我連吐槽都吐不完了。真希望她能稍微顧慮一下我的健康。
……嗯？顧慮我的健康？
「難不成，是為了我？」
為什麼希耶絲塔會在這個時機對設施感到不信任，並展開行動啊。
難道是上次我在她面前，表現出討厭臨床試驗的模樣才引發她的動機。
「那很難說。」
但希耶絲塔卻裝出毫不在意的樣子，倏地站起身。
「我只是想解開隱藏在這座設施裡的祕密罷了。」

她用像是在遙望遠方的眼神說道。

「……呼呼。」

看著她的背影，我忍不住笑了起來。

「我做了什麼好笑的事嗎？」

希耶絲塔好像以為我在嘲笑她，對我露出平時很罕見的生氣表情。

「不是啦。」

我以微笑否定道。

我只是凝視著希耶絲塔，

「該怎麼說，簡直就跟偵探一樣。」

這是我的感想。

「那麼，小希，就拜託妳了。」

「瞭解。嘿咻。」

這時，希耶絲塔遵從小愛的指示，莫名其妙把我背了起來。

「咦，這是幹什麼？怎麼了怎麼了怎麼了……」

「總而言之，現在要請渚陪我們一塊行動。」

接著希耶絲塔跟往常一樣打開窗戶，一腳踏在窗框上。

「等一下等一下等一下！先等等喔？妳想做什麼！」

我有一種壓倒性的討厭預感……不過，我已經失去選擇權了。

畢竟，希耶絲塔已背起我——跳了出去。

「放心吧，我的這雙鞋在空中也能奔跑。」

「這怎麼可能嘛啊啊啊啊啊啊！」

我閉起眼睛，做好人生到此為止的覺悟。

◆就算是女生也憧憬祕密基地

「嗯，好像醒了耶。」

我聽見希耶絲塔的聲音。睜開眼，她那張美麗的臉龐立刻映入眼簾。

那之後我應該是失去意識吧。從剛才躺著的沙發緩緩撐起身體，發現這裡是一個陌生的房間。

「歡迎光臨我們的祕密基地！」

這回則是小愛的聲音。我回頭看向聲音的來源，發現她正得意洋洋地雙手扠腰站立著。

「祕密基地？」

聽她這麼一說我環顧四周……察覺如今所在的房間的確有點怪異。

「這些，全都是紙箱……？」

沒錯。這個空間，不論是牆壁、桌子，甚至是我剛才躺的沙發全都是以紙箱做成的，就是一間紙箱屋。

的確是非常有祕密基地的氣息……但問題在於要在這裡做什麼，以及為什麼我會被帶來這。

「這裡是我們的作戰總部。」

希耶絲塔坐在一張果然也是用紙箱製作的椅子上說道。

此外，她所說的我們，當然也要列入另一位損友。

「是她拜託我做這些的。小希真是的，一旦決定好了就誰也無法阻止她呢。」

小愛誇張地將雙手大大攤開，表現出非常無奈的樣子。

「……就說了不要用那種愚蠢的暱稱來叫我。」

希耶絲塔難得會這麼害羞地撇開臉。

總是顯得很成熟的她原來也有這麼孩子氣的一面，這讓我放心多了。

「所以，妳說這是作戰總部？」

「沒錯。我們以此為據點做反抗運動……籌劃反擊大人們的作戰。」

希耶絲塔這麼告知我，並將房內紙箱製的櫥櫃打開。

結果，藏在裡頭的是——

「這是什麼……？」

數把只有在奇幻世界裡才能見識到的武器。雖然我不清楚詳細的名稱，但有各種不同形狀的槍枝與刃器並列其中。難不成，做出這些玩意的……

「欸嘿嘿！是我做的！」

小愛對我比出V字的勝利手勢。

真不愧是連炸彈都能做來玩的少女。小愛會以《發明品》為名義製作各式各樣的遊樂器具，所以其他孩子都很仰慕她。然而，真沒想到她連這種離譜的東西都做得出來……

「不過，這種東西真的有必要嗎？」

我沒有勇氣直接觸碰，只能遠遠看著武器並對那二人問道。

「準備這些可怕的玩意，是真的打算跟大人們作戰嗎？」

不，真要說起來，應該問有必要做這種反抗嗎？大人他們……這間設施，是否真的向我們隱瞞了什麼。

「天曉得，目前還無法確定。」

希耶絲塔靜靜地搖搖頭。

「不過，做好萬全的準備總不會吃虧的。面對麻煩，應該要保持還沒遇到前就提早解決的心態。」

「……嗯唔，妳的話好難懂喔。」

這孩子真的跟我同年紀嗎？呃，其實，她根本沒有明確告訴我她幾歲吧。

「所以，意下如何？」

這時希耶絲塔對我拋出質問。

「渚要不要跟我們一起戰鬥？」

老實說，我很害怕。

不過絕對不是為了反抗大人們而畏懼，也不是害怕知道真相，只不過，是對這種會造成決定性改變的行動感到恐慌罷了。

當然，我無法接受目前自己身處的環境。要是揭開真相能讓我從藥物實驗的痛苦中解脫，真不知道是多美好的結果。

可惜，我十二年的人生，這被束縛在病房床上的十二年人生，依然拚了命地抓著我的腳踝不肯放手。

「我……」

一時無法想出答案，我不禁垂下頭。

這時，希耶絲塔看向這樣的我。

「總有一天，我們要堂堂正正去欣賞白晝的海洋。」

她說起這番會讓我回想起初次邂逅的話，接著——

「等心臟治好妳就可以盡情在沙灘上到處奔跑了。不過，為了營造那樣的未來——必須先改變什麼才行。」

希耶絲塔這麼說，並朝依舊坐在椅子上的我伸出左手。

「——真沒辦法呢。」

我裝模作樣地嘆了口氣。

「那我就幫妳吧！」

我握住對方的手站了起來。

「……嗯唔，為什麼進入只有二人的世界啊？」

結果，這讓一個女孩非常不悅。只見小愛雙臂交叉站得直挺挺地……但這個動作她做起來少了點壓迫感，總之她用這個姿勢瞪著我們。

「別鬧彆扭了，之後會抱一抱妳，我是說由渚來。」

「小希是笨蛋！小渚～！」

「哇，妳身上怎麼有油的臭味……」

「那是因為我在製作發明品啊！」

看小愛氣得不斷跺腳，我們都笑了。

感覺只要是我們這三人一定能辦到。當我們同心協力，就沒有無法跨越的困難與障礙。

在不知不覺當中，我內心的遲疑跟迷惘都一掃而空。

「那麼，重新來一遍。」

我站到能讓三人組成一個圓圈的位置。

「三個人一起，解開這座設施的祕密！」

我對那兩人伸出右手的手背。

「嗯，對，就是要這個鬥志。」

「啊哈哈，小渚意外地孩子氣呢。」

「不要到最後關頭了還讓我下不了臺！」

我們一邊嬉鬧一邊喊著「喔——」，共同立下誓言。

「……真是的。」

真沒想到，最後竟是以這種害臊的方式收尾……我獨自返回沙發上，以手托腮。

「嗯？」

我驀然重新觀察房間，發現窗邊擺著一大堆玩具跟布偶。那些都是平常叔叔阿姨送來的東西。不過，以小愛一人收到的數量來說這也未免太多了吧。

……好吧總之，我現在可以這麼說。

「小愛才比我幼稚一百倍吧？」

◆真正的敵人

那之後又過了幾週。

「好痛！希耶絲塔，妳剛才踩到我的腳了吧。」

走在陰暗的建築物中，我對一旁的希耶絲塔埋怨道。

「咦，我沒有啊。」

「……騙人。那剛才是……」

在一片昏暗當中，我突然感到背脊發涼，忍不住抓住希耶絲塔的手臂。

「騙妳的啦。」

「為什麼要撒這種惡意百分百的謊啊！」

這女孩真是……簡直就像為了捉弄別人才誕生一樣。我實在無法用正經八百的態度跟她相處，只能祈禱將來有一天有個搭檔出現來取代我的位置了。

「……所以說？前面真的有敵人嗎？」

我壓低音量對希耶絲塔問道。

「嗯，不會錯。這棟建築物的內部影像，已經被我們掌握了。」

透過遠距離操作監控鏡頭，就可以清楚掌握建築物裡的人在哪個位置，而如今負責觀看影像的，是對我們下達指示的小愛。她目前應該是待在上次那間作戰總部裡，為我們留意四周的環境是否有異常。

「快到了吧。」

我再度這麼說道，試圖振奮自己的精神。

「這就是我們的回應。我們不會再對他們言聽計從了。」

「……嗯。」

那之後又過了幾週，我們在希耶絲塔的領導下，徹底調查了這座設施。包括偷拍、竊聽、偵查行為，並利用小愛的發明品持續收集情報——最後終於查出了某項事實。而今天，則是我跟希耶絲塔直接將結果帶去找敵人算帳的日子。

當然，這麼做會給我們的生活帶來變化。

我因為身體病弱之故，這十二年幾乎都沒跟朋友玩耍，直到最近才交上了應該稱為損友的這兩位友人。倘若與這座設施為敵，那或許我們就會被迫分開了。如果要問我那樣是否完全不會感覺寂寞，我想自己是無法點頭稱是的。

「所以呢，要放棄嗎？」

這時，希耶絲塔彷彿看穿了我的思考般，悄悄說出這句充滿吸引力的話。

「妳性格好惡劣啊，希耶絲塔。」

因此我為了把那個念頭打消，故意非常不滿地說道。

我的確還有點迷惘。心裡也考慮過，乾脆把這些事全推給她們兩人去辦算了。不過，如果我在這個時候逃跑了，將來一定會後悔的。

這是個機會。從那張硬邦邦的床上……從鳥籠裡自行飛出來的最後一個機會，我心想。

所以，我——

「我要繼續。不能容許只有我脫隊。」

語畢我將手伸入口袋，感受那玩意堅硬的觸感。

但心裡期望的，卻是可以不用這東西就解決事情。

「……真是的，妳們都好幼稚啊。」

希耶絲塔雖然這麼說，臉上卻露出柔和的微笑。

那之後又走了一會，終於抵達目的地。那是一部通往地下的電梯。我們相視點頭後便搭乘進去，朝地下出發。

門打開了，首先映入眼簾的，是好幾座巨大的儲水槽。在充滿綠色液體的水槽裡裝著連接管路的**某種東西**。

「哎呀？有客人嗎？」

這時，房間深處傳來了第三者的說話聲。

「現在來做實驗不會稍嫌太早了嗎？」

說出上述那番話的，是一名身著白袍的眼鏡男——也就是我的主治醫師兼孤兒院院長。

「那就是，**人造人**嗎？」

希耶絲塔指著巨大水槽裡的東西向男子問道。

「……喔呵，看來妳做過詳細的調查囉。」

他揚起嘴角，間接承認了希耶絲塔的假設。

那就是我們所掌握的，這座設施的祕密。

他們在這裡做的並非普通的臨床試驗——而是人體實驗。

至於內容，則是透過注入某種未知的能量體，使人類獲得超乎常人的身體能力。對那些無家可歸的孩子們，反覆這種嘗試性的試驗，最終誕生出《人造人》，這就是他們的目的。

「你也是《人造人》嗎？」

希耶絲塔窮追不捨地對院長質問道，結果——

「我是《原初之種（席德）》。」

突然，男子的語調變了。同時，他的外觀也變成各式各樣不同的姿態。先是金髮全部向後梳的男性，然後身體又一下子扭曲，這回換成一頭長髮的妖豔女性。而最終的樣子——

「還是現在這個模樣最習慣啊。」

一位滿頭白髮的纖細青年現身了。

……不，與其說是青年，不如說連是不是男的都無法確定。這端整的五官，換個角度看也很像女性……不知該怎麼形容才好，如此無性別的氣質，或者該說是雌雄同體的模樣，甚至隱約散發出一種神性。

「反正這也只是偽裝的姿態罷了。另外，裝在水槽裡面的傢伙，絕對不是真正的《人造人》。」

這時那位自稱席德的青年，用清澈透明的眼眸凝視著水槽裡的東西說道。

「那只是把我一部分切下來所誕生的複製品。」

「所以說，你是打算利用孩子們製造真正的《人造人》？」

「嗯，妳目前這種粗淺的理解方式我並不介意。」

我實在是不喜歡《人造人》這個稱呼啊——席德又添了一句。

「你的目的是什麼？」

我不自覺介入了那二人的對話。

「為了戰爭？金錢？……為什麼我們非得成為你的犧牲品不可？」

我待在這座設施十二年了，始終沒留意到這一點。

——在小孩們當中，已經有好幾個人從這座設施消失了。

昨天還在我身邊接受臨床試驗的孩子，隔天就不知道上哪去了。

他們一定是在實驗途中亡故……而我們相關的記憶，應該是用藥物什麼的抹去了。

「金錢、軍力——的確有些傢伙想利用我的力量得到那些，但我本人對此毫無半點興趣。能推動我前進的——唯獨這永遠無法滿足的生存本能。」

席德面無表情地告知我們，然後悠哉地晃到我們的去路上。

「所以，妳們打算怎麼辦？即便得知這座設施的真相與我的目的，把這項事實攤牌又有什麼意義？」

「當然是要卯足全力阻止你。」

下一瞬間，希耶絲塔就舉起背在背後的滑膛槍，這當然也是小愛的發明品。

「想嚇唬我？」

「這是真槍喔。」

聽希耶絲塔這麼說，我也把炸彈的引爆裝置從衣服裡取出來。

這座設施，是建立在四周被海洋包圍的孤島上。既然知道無法逃出去，我們就只能戰鬥了。

「只要按下這個，這間研究所就會灰飛煙滅。」

我把拇指放在那個紅色按鈕上。一旦按下去，我們當然也無法平安無事。不過，這對交涉應該有幫助才對。

「——果然，妳們還不夠成熟啊。」

但這時，原先面無表情的席德似乎瞬間閃過了一抹失望之色。

「只是，計畫從現在才剛要開始。」

「……你、你從剛才就在說些什麼！」

察覺出那傢伙根本沒把我們當對手，我再度秀出引爆開關給對方看。

「想犧牲自己嗎，無聊。光看妳那顫抖的指尖就知道妳沒有勇氣按下去。」

「唔，我——！」

我正想這樣反駁他時。

「那麼，妳**按下去試試**？」

霎時，席德的眼珠發出紅光。

「……咦？」

這時不知為何，我的拇指不聽使喚地被按鈕吸了過去。

「等一下，慢著慢著！為什麼！不要啊……！」

再這樣下去我的拇指就會按下按鈕了。而且我很清楚，這個炸彈可是貨真價實的……

「！」

察覺異樣的希耶絲塔，對席德舉起槍，毫不猶豫扣下扳機。

「……？無法發射？」

結果，子彈並沒有從槍口射出。而且她開槍的同時，我的拇指也已經按下按鈕了，然而——

「什麼事都沒發生？」

乍看下是得救了，但這也意味著另一個嚴重的問題。

明明是小愛製作的發明品，兩者卻都失靈了。

這是偶然？單純的運氣不好？——抑或是——

「這種程度的未來，很久以前我就知道了。」

席德喃喃說道，緊接著。

「這樣不行啊～妳們兩位。」

從背後又傳來了一個人的說話聲。

我膽顫心驚地朝後頭轉過身，留著桃紅色秀髮的女孩對我這麼說道。

「這麼可怕的東西，不可以對著我的老大啦。」

◆我最後所呼喚的名字

「小愛……？」

我無法承受如今眼前發生的事實，不自覺鬆手將引爆裝置摔落地面。但小愛卻在這時掛著一臉淺淺的笑容，從我身旁通過，最後站到了席德那邊。

「為什麼，妳？」

在我旁邊的希耶絲塔，以一臉嚴峻的表情瞇起眼。我猜她一定也在祈禱，自己腦中浮現的假設不是事實。

「啊哈哈，真抱歉。我從一開始就是這邊的人。」

然而，小愛還是把這殘酷的事實攤在我們面前。

「老實說我從很久以前就知道了喔，包括這座設施的孩子會一個個消失這點。」

這本來是我們最近才查出的事實。人體實驗失敗的孩子就會死去，而我們的相關記憶則會被藥物抹除。

但，小愛她──

「打從一開始，我就每天不間斷地寫日記。我利用日記跟自己記憶的疑點做對照，於是我察覺到一件事，那就是『有些孩子會在沒人記得的情況下消失』。」

……這麼說來在小愛的祕密基地裡，裝飾著以她一個人的禮物而言數量未免太多的布偶和洋娃娃。搞不好，那些原本是屬於至今為止死去的孩子們。看來小愛果然早就發現孩子會陸續消失這件事了。

「……妳既然知道了，為什麼還要當他的幫凶？」

哪一邊是壞人，應該很容易分辨才是啊。

「這還用問嗎，加入比較強的那方不是理所當然的事？」

結果，她卻用相似的道理，導出了完全相反的結論。

「得明智地活下去，對吧？」

這麼說的小愛，就像在嘲諷我們般笑了。

「總之，這些孩子不行啦。」

這時她突然轉而指向我跟希耶絲塔，對席德提議道。

「這麼輕易上當的孩子無法成為戰力，更不必把《種》給她們。」

種──這是我頭一次聽到的詞彙。

不過根據到此為止的情報與事件發展還是可以推測。

所謂的種，一定就是將孩子們培養成《人造人》的未知能量體。而小愛主張不該把那個交給我們。

「反過來說，應該要把《種》給我才對。」

接著，她告訴席德自己才有資格擁有那個。

「身為發明家果然還是對《人造人》很有興趣呢。況且我都幫了這麼多忙，對吧？可以給我吧？」

那副模樣簡直就跟平常孩子氣的小愛一樣，正任性地向席德耍賴撒嬌、要求《種》。

然而——

「我覺得妳還太早了。」

席德面無表情，一口回絕。

「沒關係啦。」

不過，不知道小愛在堅持什麼，只見她繼續纏著席德。

「我沒事的，一定能忍得住。我絕對會好好使用《種》給你看。」

「那麼，那兩個人該怎麼辦？」

這時席德彷彿想試探她般改口問道。

所謂那兩個人，當然是指我跟希耶絲塔。已經知道這座設施祕密，還有席德真面目的我們，**究竟該如何處理**。

對此，小愛她——

「照慣例清除掉一部分記憶不就行了？之後再釋放吧，反正她們也派不上用場了。」

她看也不看我們這邊滔滔不絕地說著。

「啊，對喔，希望也讓她們忘了我的事。畢竟一直被她們記著，我也會覺得很不舒服吧？」

……啊啊，**原來是這麼回事**啊。

小愛，果然還是小愛。

「另外，其他孩子應該也不需要了吧。反正這座設施是為了製造出《人造人》的實驗場所，既然如此，有我這個最初的成功者，那這座設施也沒用了。」

當小愛喋喋不休地這麼說的時候。

「喂，妳那樣子真的好嗎？」

宛如撕裂空氣般，希耶絲塔如此質疑。

「妳剛才那番話，總之就是犧牲妳一個人，只讓我們得救的意思。」

「……唔。」

我們到這裡以後，小愛首度露出扭曲的表情。

沒錯，我一開始誤會了。

重點在於，當自己曾經深信的事物被顛覆時，要不要再重新信任對方一次——而這次的情況，我應該相信的並不是小愛的行動，反而是我們之間的感情才對。那也是至今為止，我對她本質的信賴。

「……這樣子，很好啊。」

小愛一個字一個字喃喃說著。

「只要犧牲某人，這個實驗就會結束。如果我可以好好使用《種》，大家都能得救！對吧！」

——沒錯，小愛只是為了守護我們才偽裝席德的同伴。最早察覺出設施祕密的她，一開始一定是打算獨自解決才對……不過就在這時，希耶絲塔展開了同樣的行動。

小愛知道希耶絲塔的性格是一旦決定了就無法阻止，因此把我們捲進去的同時，還像個雙面間諜一樣保護我們。

「所以拜託你。」

小愛用手抵著胸口，對席德叫道。

「給我吧！讓我繼承《種》！這樣那兩人就……」

「好吧。」

這時，席德面無表情地同意了她的喊叫。

突然，從席德背後**生出一根像是長觸手的玩意**。

「……！……唔，休想！」

對這突如其來發生在眼前的超常景象，我不禁嚇得渾身發抖。

然而只要看那尖端銳利的觸手，不難想像等下會發生的事。於是我赤手空拳衝向小愛那邊。

「……唔！」

但就在這一瞬間，左胸傳來強烈的疼痛。

偏偏挑這個時候，我的心臟……唔。

「渚！」

「快，去……」

希耶絲塔被突然蹲下的我吸引了注意力，我則以眼神示意她趕往小愛那邊。

——但，就在這時。

「難得的實驗要是被打擾了會有點困擾呢。」

我聽見了不屬於在場任何一人的說話聲。

「……！」

緊接著下一秒，希耶絲塔就重重倒在地板上。那就好像上頭有什麼看不見的東西壓住她一樣。

「喂，不可以搗亂啊。」

「！我拒……絕……」

希耶絲塔扭動身子顫抖地說道。

「哈哈，被舌頭舔是那麼愉快的事嗎？」

在理應空無一物的地方響徹令人不快的笑聲。

簡直就像對手的身體變透明一樣。不會被監控鏡頭拍下來的存在，即便是希耶絲塔也預想不到吧。

在如此無力的我們面前，是操縱著猶如生物般觸手的強大敵人，以及單獨面對對方的一位名女。

「那麼，這是最後的實驗。」

席德以毫無感情的聲音宣布。

「收下吧，這就是我的《種》。」

尖銳的觸手隨即逼近小愛的左胸。

即便目睹這最殘酷的下場——她還是微微朝我們轉過身，浮現一如往常的天真無邪笑容這麼說道。

「快一點，把我給忘了吧。」

那之後的事我記不太清楚了。

或許是太過震驚而喪失記憶吧。

又或者是我把那些痛苦都**推給了另一個人**。

簡直就像被幽暗封閉了一樣，我已經失去了身為我的意識。

唯獨，我最後呼喚的名字。

無法適應《種》，噴濺鮮血死在我面前的那位友人名字，永遠地殘留在我心中。

「——愛莉西亞！」

◆**找出錯誤，以及核對答案**

「沒錯，六年前，我跟希耶絲塔小姐……不對，是跟希耶絲塔，以及愛莉西亞三人，在那座孤島的設施與《ＳＰＥＳ》戰鬥。」

彷彿回憶起一切般，夏凪一口氣這麼說道。

一年前，我跟夏露遭遇《SPES》首腦的那間研究所……恐怕就是剛才所說的那座實驗設施吧。同一個地點在六年前——《SPES》以孩子們為實驗白老鼠而試圖打造出《人造人》。

此外剛才的說明中獲悉了兩項新的事實。

首先第一點，希耶絲塔跟夏凪在兒時就已經認識。

也就是說，希耶絲塔第一次為她取「渚」這個名字，並非發生在一年前的死戰，而是在更久遠的六年前。至於希耶絲塔會隔了五年再度給她冠上這個名字，想必是領悟到海拉的真正身分就是過去的同伴渚吧。

至於第二項事實是——

「愛莉西亞，其實是跟夏凪完全不同的、單獨存在的人。」

一年前，我在倫敦所邂逅的愛莉西亞倩影，本來以為頂多只是夏凪（海拉）用**地獄三頭犬的種**所製造出的幻象罷了。然而，留著一頭桃紅色秀髮的愛莉西亞這名少女實際上是存在的，六年前已在設施跟夏凪結識。此外，當時的夏凪還親眼目睹了她的死——對方生前的模樣想必烙印在夏凪的腦海，因此幾年後，在利用地獄三頭犬的種時才會下意識幻化成那個模樣。而且喪失記憶的她，還以隱藏在自己腦海角落的愛莉西亞為化名。

「我應該一次也沒有用愛莉西亞這個名字稱呼過主人才對。」

鏡子另一端的海拉瞇起眼。

對喔，代替夏凪維持所有記憶的海拉，想必很清楚愛莉西亞是完全不同的別人吧。

「不過話說回來，你們或許很難想像，那位名偵探也有過稚嫩不成熟的時期呢。」

海拉進一步說道。

還是小孩的希耶絲塔，幾近無謀地去挑戰席德……結果甚至連那個變色龍都對付不了。不過就是因為累積了這些經驗，她才慢慢變成我熟知的那個完美無缺的名偵探。

這麼說來……

「一年前的希耶絲塔，已經不是會隨便失敗的菜鳥了。既然這樣，那傢伙為什麼沒在倫敦看出幻化為愛莉西亞的夏凪？」

希耶絲塔與愛莉西亞，再加上夏凪，她們六年前就已認識。總不會是因為過了五年，希耶絲塔就忘記朋友的長相了吧……那綁成雙馬尾的桃紅色秀髮，只要看過應該就不會忘掉才是。

「很簡單。」

這時，鏡中的海拉開口道。

「那位名偵探，也一樣喪失了記憶。」

「……！希耶絲塔也失憶……」

等等，對喔，剛才夏凪有提過。

那座實驗設施，會定期抹去孩子們的記憶。

恐怕愛莉西亞死後，希耶絲塔在設施生活的一部分記憶……包括《SPES》的事，或許還有關於夏凪和愛莉西亞的事，都一併被消除了。

「那件事之後希耶絲塔怎麼了？」

「她從島逃走了。」

鏡中的海拉浮出冷笑。

「即便被抹去關於《SPES》和同伴的部分記憶，那位名偵探依然逃出了設施……不過那並不單純是為了逃跑，而是為了戰鬥。她搶走席德的《種》，某天忽然在島上消失了。」

「希耶絲塔把《種》……？」

不，事到如今或許不該為此感到驚訝了。

好比說，希耶絲塔那遠超常人的戰鬥力，以及最重要的，那顆心臟。

正如蝙蝠的《耳朵》、變色龍的《舌頭》，與地獄三頭犬的《鼻子》都隱藏了特殊的力量，希耶絲塔的《心臟》也不例外。

好比將《心臟》交給夏凪時所發生的記憶轉移現象，搞不好就是《種》在發揮力量也說不定。

「……那是為什麼？」

我等不及海拉的說明催促著。

「明明希耶絲塔已經喪失記憶，為什麼又要搶走《種》逃出孤兒院？」

「這種事還要我來說？」

我可是敵人啊——鏡子裡的她扭曲嘴脣。

「道理很簡單。那位名偵探，就算忘了為何而戰、與誰為敵，唯有自己被賦予的使命不會遺忘。」

就是這樣而已——少女說道，最後果然還是不服氣地露出苦笑。

「那麼，過往的事大致已經講完了。話說回來，你們也真辛苦呢。一個接著一個，回顧一年前、四年前、六年前什麼的，都在翻那些陳年舊帳。」

……的確是這樣沒錯。不論我或夏凪，還有希耶絲塔，大家都忘了許多事。而且那些不論哪一件，都是萬萬不能忘的。最近我們就是過著這種每天撿拾過去記憶碎片的生活。

沒錯，這可以稱之為清算的日子，一定是從那天拉開序幕的。

在放學後的教室，夏凪重新啟動了本應結束的故事。

這個偵探已經死了的故事。

「渚。」

就在這時，始終保持沉默的《希耶絲塔》向前踏出一步，對著夏凪的背說道。

「渚，這個話題就到此結束了，妳沒意見吧？」

那對筆直凝視的碧青眼眸，即便身體換到了機器人偶上也絕對不會改變。就如同一年前，儘管我察覺出海拉跟愛莉西亞是同一人，但卻不願面對真相時，希耶絲塔對我投來的眼神——那是不容許說謊或逃避的名偵探眼神。

「海拉。」

夏凪用後背承受這樣的眼神，並對鏡中的自己這麼問道。

「那之後我怎麼了——當愛莉西亞，死在我面前之後。」

這是夏凪尚未完結的故事。

愛莉西亞死去，希耶絲塔逃出設施……那之後，夏凪渚迎向了何種命運。

「就在那之後，我誕生了。」

海拉告訴她真相。

這個過往的故事，是從夏凪想理解海拉這個人開始的。因此，故事最終必然會回到海拉身上。

「嗯，關於我的意識，在那之前就已經沉睡在主人體內了。所以更正確地說，應該是我第一次浮現出主人身體表面才對。」

從那次以來，夏凪的身體就被海拉支配了。

愛莉西亞死亡造成的震驚使夏凪的記憶與人格產生動搖，海拉就是抓準這個破綻。

「那之後我便正式成為《SPES》的一員。不惜將身體獻給實驗，還把其他礙事的孩子趕出設施……就這樣只有我成為了父親大人的特殊存在。」

原來是這樣啊。所以我跟希耶絲塔在一年前，才會與已經登上《SPES》幹部的海拉在倫敦街頭邂逅。

……然而，剛才的說明果然還是有我無法接納之處。

「為什麼妳要為《SPES》……為席德如此賣命？」

這個問題一年前也問過許多次了。

席德說，他攻擊人類只是一種生存本能。至於《SPES》的幹部們，全都是他的複製品，所以會依據本能協助他。

但海拉不同。說到底她並非席德的複製品而是人類，且還是從夏凪心靈萌生出的後天人格。本來她應該沒有理由為席德獻身才對。

「呼，難道你是虐待狂嗎？」

這時映照在鏡面的那對紅眼，倏地瞇了起來。

「到底要讓我說幾遍丟臉的話——是為了愛，愛啊。」

語畢少女浮現彷彿在自虐的微笑。

「這個核心，對我而言是必要的。」

「核心……？」

「沒錯，說成是讓我連接這個世界的榫頭也行。如果我不那樣做，感覺就好像要消失了——畢竟我只不過是個冒牌貨。」

奇怪的是，她竟然跟身為主人的夏凪擁有幾乎一樣的煩惱。夏凪也失去了自己的人格和身分，始終感到苦惱。這對實際上沒有肉體，只是另一個人格這種處境極其曖昧的海拉而言，痛苦是類似的。

「要嘲笑為了這種理由追求愛的我嗎？我只是不想從這個世界消失，所以才努力討父親大人的歡心罷了。我盲信父親大人的愛，不但欺騙同伴，還使無辜的人受苦。費了那麼大力氣到頭來卻還是失敗，失去力量的我——」

你們要嘲笑嗎？

她這麼笑著追問道。

「我不會笑。」

這有什麼好笑的——夏凪又說一遍。

「比起那個，我得說對不起，還有，謝謝。」

「……妳在說什麼？」

夏凪這預期外的臺詞，讓鏡中那張臉孔嚴重扭曲起來。

「首先，我一直無法直接對妳說——妳幫我背起了所有艱辛與痛苦對吧。抱歉……對不起。」

海拉是夏凪為了逃避日常痛苦而無意識創造出的另一個人格。說穿了，就是單純為了承擔痛苦而產生的存在。對於這樣的另一個自己，這一定是夏凪首度說出自己的感想。

「……那又如何，什麼謝謝？我根本就不想聽這種道謝的話……！」

「畢竟。」

海拉這個人格激昂起來，但夏凪她——

「是妳守護了我。」

夏凪懇切地這麼說道。

「……妳說我幫妳抵擋痛苦？真要說來，對我這個始作俑者道謝未免太奇怪了吧。」

「不對。」

夏凪再度否定海拉的話，筆直地凝視鏡子這麼說道。

「妳是**為了保護我**，才成為《SPES》的一員。對吧？」

◆怪物已經，消失無蹤了

「我不懂妳的意思。」

海拉聽了夏凪的話歪曲著嘴脣。

「我是為了主人才幫《SPES》工作？這怎麼可……」

「畢竟如果不這麼做，我就會被殺害。」

「……唔！」

這時，鏡子裡那張臉瞬間崩潰了。

「六年前，得知《SPES》的祕密，卻無法承受《種》的愛莉西亞被殺了。另外，因身體病弱而無法為《SPES》派上用場的我，遲早也會被殺——本來應該是這樣吧。」

倘若妳沒有現身的話。

夏凪這麼說，並凝視鏡中的另一個自己。

「海拉，妳表現出願意為《ＳＰＥＳ》效力的態度，避免了我遭受處分的命運。透過對席德效忠，拯救了我這條命。這一切都是為了我……為守護我，妳甘心成為惡魔。」

「……唔，那妳的證據呢？妳怎麼證明我是這種好心人……」

相對於口氣變得慌亂的海拉，夏凪則——

「畢竟，妳自己剛才也說了——在那之後，妳**讓設施的孩子們都逃了**。」

夏凪沒有漏聽剛才海拉話中的細節，還建立如此的假設。

「說什麼想讓自己被席德另眼相待，這種理由我才不會接受。妳內心確實有為他人著想的一面。」

「為他人著想？……不可能。主人應該也知道，我在倫敦殺死了許多無辜的人。」

「確實，沒錯。那是絕對無法原諒的事，不過妳之所以引發那些事件，也是為了幫助我。」

「……！」

聽見夏凪這番話，海拉瞪大了那雙紅眼。

「一年前的妳，在跟希耶絲塔戰鬥時失去心臟。而那也意味著，我的肉體會隨之死亡。」

那是指在倫敦，發生了人型戰鬥兵器與生物兵器的對打後。海拉被希耶絲塔的小鏡子反過來利用《紅眼》，自行以利刃貫穿心臟。這除了是海拉的性命危機，也會導致主要人格夏凪因此死亡。

「因此妳才會在地獄三頭犬死後繼續製造《魔鬼傑克》事件……事實上真正的目的是為我尋找合適的心臟。」

「……唔，但一年前，那個名偵探壓根就沒提過半個字。她單純認定，我就是為了讓自身存活下去，才會像電池一樣消耗心臟罷了。結果主人卻不管她的看法，要提倡不同的觀點？」

這回輪海拉瞇起眼，試圖問出夏凪的本意。

「錯了。希耶絲塔自己也說，那個結論是錯的。」

「……原來是這樣啊。」

我忍不住出聲。這正是一年前，希耶絲塔犯下的失誤，也是那個《希耶絲塔》委託我們找錯的解答。

希耶絲塔把海拉的犯罪動機——不對，是**把海拉的情感錯誤解讀了**。

「那個名偵探有說過？別笑死人了，她什麼時候……」

這時海拉不屑地吐出一句，但最後表情卻僵住了。

「**妳也是我**，所以應該能理解吧？」

夏凪像是在曉諭對方般說道。

「希耶絲塔她還活在我的體內。且這一年之間，希耶絲塔跟妳這位人格一直在潛意識中對話，最後導出了我剛才說的結論。真正的妳，其實把我看得比什麼都更重要。」

「……唔。」

鏡中的少女彷彿內心動搖般眼神搖曳不定。

「海拉，一定有許多人把妳視為奪走無辜性命的惡魔，甚至因此譴責妳吧。不過我很清楚，也只有我知道這件事。就算妳是惡魔……也**絕非沒有感情的怪物**。」

夏凪這麼說著，否定了海拉自嘲自貶為怪物的想法。

「妳想得到他人的愛，或許這是妳真實的想法……不過，妳除了被愛以外，也有能力去愛別人。就像妳愛我那樣。」

「別說了……！」

在只有提燈火焰搖曳的這個靜謐空間，海拉悲痛的叫聲迴盪不已。

但即便如此，夏凪依然——

「妳的罪就是我的罪。我知道自己遲早有一天要受罰的。」

「住口……我才沒有……那種期望……」

鏡中少女流下一抹淚痕。

那究竟是不是夏凪的淚水。

身為旁人的我是不可能弄懂的，也不該隨便推測。

——不過。

「不，妳的罪我也要一起承擔。我要賭上一生來償還，畢竟——」

夏凪對鏡面貼上手掌，如此說道。

「完全的獲取，或完全的付出，像這樣單方面的關係是不可能成立的——難道妳不這麼認為嗎？」

這是鏡子。兩位少女相對的鏡子。

不論罪孽或愛情，以及淚水和歡笑，都是雙方向的。

只要夏凪為海拉著想，一定能——

「真是的——我的主人是個笨蛋呢。」

鏡中的少女喃喃說道。

緊接著下一瞬間，我確實聽到，也確實看到了。

穿衣鏡發出巨大的聲響破裂，海拉的身影從裡頭飛出來。

隨後，則是夏凪緊緊擁住她的一幕。

「謝謝妳。」

想必就是在此時此刻。

夏凪渚，從她的過往畢業了。

◆隨即展開的全新事件簿

「那麼，這次究竟是在玩什麼把戲？」

鏡子前的對話結束後，我跟《希耶絲塔》來到客廳討論。

附帶一提，夏凪在那之後失去了意識（根據《希耶絲塔》的分析大概是突然恢復記憶的副作用吧），如今正在臥室休息。

「你說的把戲，是指？」

《希耶絲塔》優雅地啜飲紅茶並反問道，看來機器人也不能忘記補充水分。

「妳繼續裝傻沒關係。用相對的鏡子召喚海拉，這種託辭是騙人的吧？」

兩面鏡子相對的都市傳說。

據說，能把惡魔召喚出來。

又據說，可以映照出過去和未來。

至於放到今天的場合，則是把夏凪的另一人格海拉從鏡子裡叫出來，並聽取過去的故事……這果然太超現實了讓人難以接受。

「君彥的腦袋還是這麼僵硬呢。」

這時《希耶絲塔》用跟本尊一模一樣的表情和動作將杯子放回茶碟上。

「嗯，雖然你說對了。」

「結果被我猜對了喔。」

既然如此，那妳幹麼還臭罵我。

「不過，渚跟海拉的對談是實際發生過的。」

「所以說……是一人分飾兩角對話囉？」

不，說這是分飾兩角恐怕不太恰當，應該說，是透過鏡子跟自己對話吧。

「我不過是準備了容易發生此事的環境罷了。剩下的全憑渚將自己潛意識中沉睡的海拉喚起，並展開跟自己的對話。」

「原來如此……那照這種角度來說，海拉的確是現身囉。」

被鏡面分隔開的兩人。

夏凪跟海拉毫無疑問在現場面對面，進行對決，展開對話。

經過此事，夏凪想必能真正取回所有的記憶才對。而如今的她，也可以接受那些事實，繼續向前邁進了。

「話說回來。」

我趁機對某件很在意的事提出疑問。

「希耶絲塔隔了一年才發現自己的失誤，她是怎麼把這件事傳達給妳的？」

既然這次是《希耶絲塔》委託我們尋找錯誤，那以前希耶絲塔本人一定曾對《希耶絲塔》做過這樣的要求。然而希耶絲塔察覺自己一年前的失誤，卻是發生在夏凪體內與海拉反覆對話時。

如此一來，已失去肉體的希耶絲塔，是怎麼將此事告知《希耶絲塔》，進而對我們下達找出錯誤的指示呢？

對這理所當然的疑惑，《希耶絲塔》則是。

「就是希耶絲塔大人唯一借用渚的身體那次。」

接著，她提及大約一週前發生的事。

「在那艘豪華客輪上與《變色龍》發生戰鬥，當順利打倒敵人後，希耶絲塔大人對我下達了與你們接觸的指示。」

「……原來如此，當我昏過去的時候還發生了這種事。」

就是趁當時告知《希耶絲塔》一年前的錯誤吧。接著因為之前的事都辦妥了，希耶絲塔又再度沉睡於夏凪體內。

「不過，那個希耶絲塔竟然會推理錯誤。」

我不是要指責希耶絲塔。只是純粹感到驚訝，才忍不住冒出一句。

「或許她曾喪失記憶正是原因之一吧。」

這時《希耶絲塔》看著茶杯靜靜地說道。

「希耶絲塔大人忘了愛莉西亞，也忘了渚。至於海拉這個人格是怎麼誕生的她也不記得了。不過，倘若希耶絲塔大人能對六年前就已死去的友人會現身在倫敦感到不自然的話……又或者，她能察覺出海拉對夏凪渚的真正情感……那一年前的時間點或許就能導出正確的結論也說不定。」

……沒錯，希耶絲塔也跟我和夏凪一樣。

喪失了重要的記憶，因此搞錯了某些事，不過如今，我們正將一片片拼圖逐一拼回去。

「希耶絲塔竟然也會犯錯啊。」

我說了一句理所當然的廢話。

「嗯，因為她也是人類。」

《希耶絲塔》乾脆地回應道。

「……跟我不同。」

不過《希耶絲塔》隨後又補上這一句，她的表情隱約流露出寂寞。

「喂，《希耶絲塔》，妳——」

當我正想繼續追問的時候。

「電話響了喔。」

《希耶絲塔》提醒我，我這才發現擱在桌上的手機正在震動。畫面上顯示的來電者姓名是——加瀨風靡。在我至今為止的記憶中，她會主動打電話來幾乎都不是什麼好消息。我抱持不好的預感，按下了通話鈕。

『壞消息跟壞消息，想先聽哪一個？』

「這算什麼選項……」

意料中的最糟狀況使我垂頭喪氣，只聽見電話另一端傳來吐煙的聲響。

「風靡小姐，結果妳到底幾時才要戒菸？」

我應該至少當場聽過兩次她戒菸的宣言了。

『哎，其實我一直都想戒，但這傢伙就是不肯離開我的嘴唇。』

「那找個男人代替一下如何？」

『我掛斷囉？』

……呃，這電話是妳打來的吧。

「所以說？妳的壞消息究竟是什麼？」

如果可以我是不想聽的，但會這樣主動打來，就代表是跟我有關的情報吧。既然這樣還不如早點知道比較好。

『啊啊，首先第一件事。』

這時風靡小姐停頓了一下。

『——席德跟蝙蝠聯手了。』

她告訴我這個震撼性的消息。

「……風靡小姐，妳這傢伙，果然也知道席德的事。」

在我所遺忘的過去中，當希耶絲塔死後，據說是風靡小姐把我從那座島帶走的。看來她跟《SPES》的牽扯比我想像中還深。

『是啊，我覺得也差不多該讓你們知道了。』

風靡小姐彷彿在說她果然又搶先我一步般，緩緩吐出煙霧。

『總之，雖然不清楚詳情，但蝙蝠似乎是在席德的協助下越獄了。你們也不能放鬆戒備。』

「蝙蝠越獄了，跟席德……」

可是蝙蝠在四年前，就應該已經背叛《SPES》才對。做為懲罰，他才被強制命令去一萬公尺的高空劫機。那個蝙蝠，如今又為何跟《SPES》的首腦席德合作？

『那麼，另一個壞消息是……』

風靡小姐正要繼續說下去，恰好在這時。

叮咚——門鈴響了。

『有客人？』

風靡小姐的語氣頓時嚴峻起來。

她所警戒的對象，如今也不必多問了……只不過。

「我去看一下。」

『喂，我想說的是……』

「我知道。放心，我已經買好保險了。」

萬一，來訪者就是那傢伙，這裡還有《希耶絲塔》在。我跟她交換一下眼神，接著朝玄關走去。

「真要說起來，那傢伙也沒必要現在才狙擊我們。」

我如此埋怨著……也就是說，我已經抱定門外頭站著的一定是蝙蝠的預期了，隨後我扭動門把。

「還特地按門鈴真是太客氣了吧……嘎？」

因此，當門打開，發現站在眼前的是那號人物，我不禁歪著腦袋。

「齋、齋川？」

桃紅色的挑染秀髮、左眼的眼罩。事到如今我已不可能誤認，站在我面前的，正是那個神氣活現的偶像齋川唯。

而此刻她眼中正發出閃亮的光輝，

「——君塚先生，請當我的製作人吧！」

她一如往常完全不看現場的氣氛，只是仰望我這麼告知道。

【6 years ago Yui】

「唯獨這隻左眼，不論發生什麼事都不能脫手喔。」

手術是在我沉睡中進行的，等我恢復意識時手術已經結束了。

母親對躺在床上的我這麼說道。

「如果有人想搶奪也絕不能乖乖聽命……務必要守護好才行。」

她露出前所未見的嚴厲語氣和表情。

幸好她伸出的手還是很溫柔，輕輕碰觸我被眼罩遮住的左眼。

「那是指我實在太可愛了，所以才會被全世界的綁票犯盯上？」

「我的乖女兒真堅強，一點也不像是才剛動完手術……」

這時，母親不知為何抵著額頭嘆了口氣。

到底是怎麼回事呀。

「孩子的爸，你也說些什麼吧。」

這時母親將話頭轉向父親。

「我的女兒怎麼這麼可愛。」

「就是因為當爸的這樣，才會把女兒教成這副德行……」

母親再度垂下頭。

是的，父親相當溺愛我。我說要吃麵包，他就會買來一整個蛋糕，我說要腳踏車，他就會買遊艇給我當禮物。託此之福，我年紀小小就完全學會駕船了。

嗯，相反地我卻還不會騎腳踏車呢。

「可是唯，妳應該很清楚，**不能再像以前那樣**了吧？」

這時母親再度對我訴說。

她的表情並不是在生氣。

只是隱約帶著悲傷、不安的成分。

「妳遲早有天要到外面去的……對吧？」

母親所言的「外面」，就是字面上的意思。年幼的我也很清楚，那正是每次母親在勸誡我的道理。

「妳一定得交些朋友才行。」

沒錯，我連一個朋友都沒有。

真要說起來，我連學校都很少去。

「……有什麼關係嘛。跟大家聊天一點也不開心。」

所謂的小孩，是一種很容易就會排除異己的生物。
我跟大家不同，一出生左眼就看不見。
此外，我家太有錢或許也是原因之一。
其他人跟我之間，總是拉起一條看不見的線……我彷彿永遠也跨不到線的另一頭。
就像這樣，我只能躲在這層空氣牆的背後。
「只要有母親跟父親在，那我就心滿意足了。」
因此今天我也這麼回答，並把棉被拉過頭頂。
「爸爸跟媽媽也不能永遠守在妳身邊啊。」
母親彷彿很無奈地重重嘆氣道。
幸好我很聰明，知道這種時候該怎麼處理。
「……你們會離開我嗎？」
我從棉被底下稍微探出臉，以撒嬌的語調說道。
「不、不要用這種水汪汪的眼神看我們啊，唯～」
隨即，母親緊緊抱住我。
沒錯，事實上母親才是最溺愛我的人。是說我這麼輕易就能把別人玩弄於股掌之上……搞不好我很適合當偶像也說不定。
「唯。」

這時，父親叫了聲我的名字。

接著他把手擱在母親肩上，輕輕把她拉開我身邊。

「繃帶差不多可以拆掉了吧。」

父親敏銳地看穿了我偷偷在逃避的事。

「……嗯。」

在父親嚴肅目光的催促下——我有點緊張地，將手放在包裹左眼的白紗布上，輕輕往外拉開。

「來，自己看吧。」

接著，我望向父親遞來的小鏡子。

「好漂亮……」

那顆像是藍寶石一樣反射出青色光芒的眼珠，令我忍不住發出讚嘆。

這顆義眼，是父親跟母親特地幫我準備的。

「只有這種眼珠最適合唯。因為我希望唯能跟這顆青色寶石一樣閃閃發光，穿上華麗的衣裳，在眾人面前大放異彩。」

父親語畢，果然又露出前所未見的嚴肅表情繼續說道。

「這顆青色的眼眸，將照亮唯的人生。而且一定能幫妳發現珍貴的事物。」

因此——他看著我。

「唯獨這顆左眼，是絕對不能離開身邊的。」

他鄭重地強調著跟母親類似的臺詞。

「……孩子的爸，不要搶我的戲啊。」

「只有趁這種場合，才是展示父親威嚴的好時機啊。」

母親一臉不滿地瞇起眼，父親則認真地自顧自點頭。

這對夫婦的感情還是像以前一樣好。

如果我也有能像這樣開心聊天的同伴……那就好了。

開玩笑的啦。我只要有父親母親兩人就足夠了。

所以——

「呃，剛才那些話，其實我聽起來還好耶。」

「『咦咦……』」

我在最後給他們一記回馬槍。

可是……即便如此，我果然還是遲早得……

到外面的世界飛翔——要是能交到沒有任何祕密，也不必隱瞞什麼，能接受真正的我的同伴，每天一定都會過得很快樂吧。

呼呼，只要看著自己這顆青色的眼眸，不知為何我就會陷入那種心情。

那麼，在此先立定一個大志向吧。
正如先前所想的，試著以成為偶像為目標怎麼樣呢。

【第二章】

◆哼——你就是我的製作人嗎

「有其他女人的氣味。」

才剛出龍潭又進入虎穴，即便解決了一件事也不代表我的災難會到此告終。當夏凪跟海拉的事剛結束，主動抱著新麻煩來我家找上門的，就是那位超級偶像齋川唯。

這個流程，以前好像也發生過……此外，她似乎是基於某些因素，才要任命我當製作人……

「齋川，不要在別人的房裡嗅來嗅去。」

我對像小狗一樣到處伸鼻子的齋川翻起白眼。唉，剛才我還以為是什麼嚴肅的事，難道讓她進客廳是個錯誤嗎？

「嗯，這個方向飄來了可疑的香氣。」

「就說了別這樣啊。」

齋川正打算打開臥室的門，我輕輕敲了她一下。

「好痛！竟然打我這位最最可愛的超級偶像，世界上只有君塚先生敢這麼做。」

齋川按著腦袋淚眼汪汪地仰望我。我覺得比起「最最可愛」，「又煩又可愛」的形容詞更適合她，同時我又提醒道。

「那邊是臥室，禁止進入。」

「不要緊的，我已經淋浴過了。」

「我可不懂妳的不要緊是什麼意思……」

比起那個，在我的寢室裡。

「夏凪正在睡覺，請妳暫時別打擾她。」

跟海拉共享記憶的副作用，使夏凪昏睡到現在。

「喔？君塚先生，你終於變成男人了嗎？」

「白痴，是因為其他事啦。」

關於這部分也有很多要告訴齋川，總之希望她趕快回椅子上坐好。

「各位久等了。」

就在這時，《希耶絲塔》從廚房用托盤端著三人份的紅茶回來了。雖然我明白她並不是本尊——但在自家廚房，有身穿女僕裝的希耶絲塔身影為我服務，依然是相當新鮮的光景。

「感應到不快的視線，立刻排除該目標。」

「不要突然提高自己機器人的成分，還有趕快把槍放下啊。」

「唔——果然那種夫婦相聲還保留著呢，這下子我也有點嫉妒了。」

「齋川，不要在無謂的地方點燃對抗心理啊。差不多該言歸正傳了吧。」

我們邊喝紅茶，邊返回一開始的話題。

「所以齋川，那是真的嗎？妳的父母親**被懷疑做假帳**。」

大約在十分鐘前，突然造訪我家的齋川是這麼表示的。

齋川那有錢的雙親，被懷疑曾在生前假造帳務，直到如今才被公諸於世。

「……是的。雖然還不知道確切的情況，但恐怕明天電視及網路新聞就會開始報導了。已經有大量媒體殺到了我家。」

齋川用有點失落的表情啜飲眼前的紅茶。

「原來如此……所以妳才三更半夜逃出來嗎？」

此外這件事，正是風靡小姐原本要說的另一個壞消息。

蝙蝠越獄，以及齋川父母的醜聞——無論哪一個，都不是如今的我能置身事外的新聞。

「是的。因此，我需要找一個能暫時藏身的地方。」

原來如此，所以這就是**委託**內容囉，不過——

「如果是這件事，拜託夏凪不是比較好嗎？」

想找地方借住，比起身為男人的我還是夏凪那邊比較方便吧，而且更重要的是，如今的夏凪一定會以偵探的立場欣然協助。

「嗯，是的。因此，我才需要請君塚先生當我的製作人。」

結果，話題又回到原點了。

「考量到我暫時無法回家或事務所，乾脆讓君塚先生當我的製作人還比較快呢。」

「齋川，難道妳的意思是要把超級棘手的大量雜務丟給我？」

呃，我並不是要把製作人貶低為做雜務的傢伙喔。

「恭喜了，君塚先生。從今天起你就是『名偵探的助手』兼『偶像的製作人』囉。」

「半點值得恭喜的要素都沒有……」

我讓身體深深埋入椅背，嘆了口氣。

「好吧要讓我幹也可以。」

「……咦，真的可以嗎？你剛才那不爽的態度一下就消失了呢。」

像這種事情節奏是很重要的。關於這部分，希耶絲塔以前也經常提醒我「加緊腳步吧」。

「如果我扮演製作人的角色，那我不就得經常待在齋川的身邊了嗎？可是把妳藏在這間屋子裡，安全性好像太低了？」

畢竟這裡屋齡三十年，門上連自動鎖都沒有，廁所也不是溫水洗淨馬桶，只是間一房一廳一廚、房租三萬六千元的簡陋住處。

「既然這樣，可以使用我家。」

這時《希耶絲塔》提出了一個點子。

「房間數大致足夠，儲存的糧食與生活必需品也很充分。再說起安全性，比市中心的超高層公寓還完備。我這一年左右，都待在那間地下的屋子裡偷偷生活，也沒被任何人發現。」

「原來如此，就是之前關我們的房間嗎……」

不過的確，考量安全性與空間大小那邊應該很合適了。

況且如今還有另一項必須擔憂的事——那就是蝙蝠的存在。

那傢伙現在已經越獄，直到查明他的企圖以前，還是先讓曾與他為敵的我跟夏凪暫時躲起來比較好……嗯，反正我剛好也想蹺掉暑期課外輔導，這個提議真是妙極了。

「原來如此，要**同居**嗎？」

結果齋川卻以指尖抵著下顎這麼咕噥道。

同居——那是過去希耶絲塔對我半開玩笑說了好幾次的詞彙。整整三年，我們展開了令人眼花撩亂的流浪之旅。我跟希耶絲塔，的確曾在許多個夜晚同住一個屋簷下。而希耶絲塔每每都戲謔地對我笑著說，這叫同居。而相對地，我每回都固定這麼回答她——

「——這只是戰略性的同居。」

「我聽到你們說的話了！」

霎時，我背後的門發出喀嗒一聲打開了。

「……夏凪，不要打斷我那句耍帥的臺詞啊。」

剛才那一幕，我完全沉浸在感傷當中的憂鬱側臉想必是如詩如畫吧。

「哎，聽到同居這個感覺很有趣的詞彙我就忍不住啦。」

夏凪這麼說，並加入坐在餐桌旁的我們。

……真是的，這傢伙總是這樣。

對於完全沒有任何緊張感的她，我用輕鬆的語調問道。

「妳已經沒事了嗎？」

那包括夏凪的身體狀況……以及剛得知沒多久的過往。

此外還有她身為《名偵探》的覺悟。

「──嗯，我沒事。」

這部分的互動很短暫。

但目睹夏凪那凜然的側臉，我知道她並沒有說謊。

如今的夏凪，背負起希耶絲塔……此外一定還有愛莉西亞的意志。

對過去的清算，已經在那面鏡子前結束了。

「那麼，重新說一遍，目前我們暫時以《希耶絲塔》的藏身處為據點保護齋川──有人有異議嗎？」

我為了統整一下這件事的結論，對《希耶絲塔》、夏凪、齋川確認道。

「除了明明是要去我家卻讓君彥總結這點外，我沒有任何意見。」

「屏除我明明是偵探卻被擱下不管，反而君塚搶當起主角這點外，我沒有異議。」

「要說跟君塚先生同住一個屋簷下不會害怕是騙人的，不過我會忍耐！」

「……很好，非常完美地全體一致通過。」

就這樣，四人戰略性的同居生活拉開序幕。

「不對那我呢！」

那之後，有位金髮特務氣嘟嘟地闖進屋子裡，則又是另一個故事了。

◆讓我們正確使用日語吧

翌日早晨。

「非、非常抱歉……關於那件事，是的，請恕我暫時保留正式的回應……是的，失禮了……」

在地下的房間中，響起了不太靈光的製作人謝罪聲。

說起我能做的，就只有對看不見臉孔的通話對象不停低頭致歉而已。我不懂這麼做究竟有何意義，但這全都是雇主的指示……從以前開始我就一直是當別人手下的命啊。

總而言之，我從昨夜搬進了這間《希耶絲塔》的藏身處，假寐了一會後，一大清早就被齋川要求做這些工作。或許是受到那個醜聞的影響，相關的詢問以及工作上的聯絡很多，齋川借我的手機每隔幾分鐘就會響起。

附帶一提，這個地方的屋主《希耶絲塔》頗在意蝙蝠的動向，昨夜就已經出門了。我雖然提議要幫忙，但對方卻下達「目前君彥應該要以齋川唯的製作人業務為主」這個指令，於是才忙到現在。

「這根本是血汗勞工……」

我看著終於成功停止通話的手機，忍不住嘆氣道。

真要說起來，偶像的製作人工作本來就不是一朝一夕能精通的。如果沒有「負責人現在不在耶」這句加了魔法的臺詞，我現在早就承受不了壓力把電話砸爛了。

「……話說回來，這也太惡毒了吧。」

我驀然瞥了一眼客廳電視正在播放的談話性節目。

正如昨天齋川的預料，那上頭正在討論關於她雙親的醜聞。根本不是專家的名嘴來賓正在擅自臆測這件事，最後甚至主張身為女兒的齋川本人也有解釋案情的責任。

「吵死人了，你有什麼資格說齋川。」

我升起一股無名火，便把電視機的插頭拔掉切斷電源。

「……唉，總之先去叫醒那幾個傢伙吧。」

看一看時鐘，已經快正午了。但那三人如今還沒有半點起床的徵兆，於是我決定先去突擊夏凪跟齋川休息的寢室。

「喂——都快中午、囉……？」

一進房間，躺在床上的兩位少女便映入眼簾。棉被有點被掀開，那底下是穿著睡衣的夏凪，正像是對待布偶一般緊抱著同樣穿睡衣的齋川熟睡著。兩人發出微弱的鼾聲一副安詳的睡臉，假使一直欣賞下去就會發現原來是這麼萌啊——不對。

「喂，我會幫妳們做早飯，差不多該起床了吧。」

我搖醒還在夢鄉的那兩人。

「嗯……早飯?我想吃 Scha ◯ Essen……」（註 2）

這時，夏凪終於揉著眼從夢鄉返回了。

「沒有 Scha ◯ Essen，不過有普通的維也納香腸，妳快起來吧。」

「呼啊……嗯，好想吃……君塚的，維也納香腸……」

「夏凪，妳快去洗臉，剛才的話我就當作沒聽見。」

「不行啦，夏凪小姐……君塚先生的君塚弟弟，與其說是維也納香腸不如說更像是魚肉香腸……」

「齋川，不是睡昏頭了就可以隨便亂說話。是說妳就算在無意識狀態也要嘲弄我嗎？」

我沒收那兩人的棉被，並把冷氣降到十八度隨即離開房間。

那麼，接下來輪到夏露了。

實際上，昨晚是靠猜拳分配僅有的兩間寢室，運氣不好我跟夏露被分到一起。

結果我沒預料到的是，夏露的睡相簡直是糟糕到極點，昨夜我不知被她吵醒幾次。

註 2　Schau Essen，日本一種粗絞肉香腸的品牌。

為了雪恨，正盤算著該用什麼手段吵醒她的我才剛打開寢室的門——結果，出現在眼前的是——

「夏露，妳在做什麼？」

她正把臉埋入枕頭，鼻子發出聲響用力吸上頭的味道。

「那個，不是剛才我用過的枕頭……」

「君、君塚!?啊，不、不是那樣！是誤會啊！」

「……呃——該怎麼說。興趣，或者說嗜好這種東西每個人都不一樣啦，嗯……」

「不要露出那麼理性的反應！至少生氣一下吧！不准故意撇開視線也不准浮現不快的表情！」

夏露邊冒出大量冷汗邊試圖拚死辯解。

「你誤會了！我只是覺得這個枕頭好像有大小姐的味道所以才聞聞看而已！」

「……就算是這樣也是非常不當的發言喔？」

「……唔！看來只能剝奪你的記憶了！」

這時夏露突然露出野獸般的目光，全力把我按倒在床上。

「很抱歉在你才剛找回記憶的時候，但我要把你十八年份的知識與經驗全都奪走！」

「妳太貪心了吧！我個子都長這麼大了，想害我的心智變回嬰兒嗎！」
「你放心吧，雖然渚不喜歡那樣，但跟唯的性癖應該會很合。」
「妳這傢伙，是怎麼看待同伴的性癖的……？」
我的身體已經被夏露激烈地壓在床上。
「認命吧。」
當因憤怒和興奮而漲紅著臉的夏露壓在我身體上方時。
「你們兩個，在做什麼啊？」
從不知何時打開的門縫中，齋川正朝這目不轉睛地盯著。
「啊——這就是傳說中的情侶吵架吧。」
「「不對！」」
結果，我跟夏露不小心異口同聲了。可不能讓誤會繼續加深……
「齋川，錯了，這是誤會啊！」
然而正當我急急忙忙想要找理由時。
「——加倍殺了你！」
夏凪用十八度冷氣相形之下都顯得溫暖的冰冷視線俯瞰我們，隨即奮力甩上門走出寢室。
「不、不是那樣的渚！這是事後！事後啊！」

「是事故啦！」（註3）」

◆那之後助手就盡情享用了

那場起床的慘劇結束以後。

「看出破綻了。」

夏凪身著圍裙佇立在廚房，就像是預告要打全壘打的職棒選手一樣手握湯勺，還莫名瞇起銳利的雙眼。起床事件後我正準備要去弄早飯，結果她卻不知為何要替我代勞。

有同樣想法的人還有另一位。

「渚真的會做料理嗎？」

套上圍裙的夏露，在一旁挑釁著。

「唔，夏露小姐……不對，夏露，我不會輸給妳的！」

「咦，那當初的勝負就趁今天來分曉吧？」

就這樣，兩人在洗碗槽前火花四射地互瞪著。

註3　日文「事後」和「事故」讀音接近。

「還是一如往常感情惡劣呢，渚小姐跟夏露小姐。」

這時，在兩人的更後頭，齋川在餐桌上托腮並這麼喃喃說道。

夏凪跟夏露的相遇，是發生在大約一週前的郵輪之旅上。這麼說來，當時兩人還為了希耶絲塔的事引起過爭執。

「用料理對決來分出那次的勝負也未免太奇怪了……」

我跟齋川一塊兒坐在餐桌邊遠望著那兩人。不知為何，我們竟然被任命為這場對決的評審。

……不過好吧，既然雙方已經能吵架了，就代表其實關係也不算太差。至少，比起懷疑一年前真相的那種尷尬狀態，現在這樣要遠遠健康得多。

「哼！我才不會輸給渚這種人咧。」

這時夏露撥了撥那頭自豪的金髮。

「唔！能掌握君塚胃袋的人一定是我！」

夏凪也連忙跟著反駁……等等。

「……？咦，這場對決是為了什麼？」

「……剛才那只是玩笑話啦。」

夏凪用很快的語速說道，接著用力把頭轉回前面。

「君塚先生，對於剛才那個超可愛的渚小姐，請給我們一點評論吧？」

「我沒聽到，我什麼都沒聽到。」

這時我反過來問夏凪。

「附帶一提，妳打算煮什麼？」

「煎布列塔尼藍龍蝦佐時蔬及慕斯林奶油吧～？」

「妳是打算演料理格鬥漫畫嗎？」

然而夏凪無視我的吐槽，從冰箱賣力搬出了紅色的龍蝦。是說這裡真的有食材啊。《希耶絲塔》妳平常也吃太好了吧。

「……啊——總之，那個，你就空出肚子好好期待吧。」

夏凪轉身望過來，閉起一隻眼，奮力以湯勺指向我。

「奇怪耶。」

那之後過了數十分鐘，夏凪還一個人在廚房歪著頭。

在她視線前方的微波爐裡，那些**過去曾是食材的某種玩意**，化為就像要破門而出的蠕動黑色怪物。不論誰看了都會認定這是大失敗吧。

「不過只要這微波爐的門不打開，就不能斷定我已經失敗了喔。」

「這算是另類薛丁格的貓嗎？」

除非打算一輩子都不再使用這臺微波爐了。

「嗚嗚，明明我每天中午的便當都是自己做的……」

夏凪很明顯地頹落肩膀。

「真是的，誰叫妳一下要做那麼高難度的料理才會變成這樣。」

目擊這場失態的夏露很無言地嗤之以鼻道。

「我就做個普通的炒飯你們等著吧。」

接著她舉起平底鍋，簡直就像用槍瞄準般對著我，接著便獨自轉身朝向瓦斯爐。

「奇怪了。」

夏露站在瓦斯爐前歪著腦袋。

那之後過了數十分鐘，該說是果不其然嗎，平底鍋上出現堆積如小山的焦炭。

「呃，賣相或許差了點，搞不好吃起來還不錯？」

「妳要是這麼認為就自己享用，別用視線催促我。」

很遺憾這種瞬間反轉的二格漫畫我看到不想看了。

「……我只是因為太忙了，一直沒時間自炊啊。」

這或許就是特務的生活吧，夏露說著這樣的藉口一邊玩弄自己的頭髮。

「真是的，拿妳們沒辦法。」

幸好，就在這時，有人突然出面解圍。

「都已經快中午了，還是讓我來吧！」

從評審席上站起身的齋川，將圍裙繩子繫緊，走向廚房。

「我想弄能保存比較久的料理所以就選咖哩吧。渚小姐麻煩妳切肉，夏露小姐則要麻煩妳重新煮飯。」

齋川邊說邊獨自拿起菜刀以熟練的手法將蔬菜剁碎。

「唔，嗯……」

「啊，好的……」

於是夏凪跟夏露也縮著身子聽從齋川的指示。

「不知為何感覺每次都是齋川最可靠啊。」

她明明是我們當中唯一一位中學生。

結果，齋川聽到我的喃喃自語後。

「呼呼，其實我至今為止也闖過了許多難關呢。」

她沒有停下切菜的手，卻能微微轉過身浮出苦笑。

齋川的雙親在三年前就去世了。搞不好她就是以此為契機學會料理的，我突然有這個念頭。

「總之，在家事技能跟年輕這兩點上我遙遙領先呢。」

不過露出那種艱辛的模樣也只是短暫的，很快齋川又對兩旁的年長女性如此挑釁道……而且，我還來不及對齋川說明以她們為對手會有什麼下場。

「小唯？」

「唯？」

她們左右包夾齋川，用足以殺死野獸的冰冷視線俯瞰她。

「……君、君塚先生，姊姊們好恐怖……」

「剛才那是妳不對。」

◆這是只屬於你的故事

因為上午麻煩不斷，我本來以為午後應該能度過較為平穩的時光，結果根本不是。

跟齋川工作相關的電話仍舊響個不停，我始終窮於應付。另一方面，夏凪、齋川跟夏露三人卻開心地聊著天，要不就是玩桌遊……呃，妳們也去工作啊。

反正就像這樣，我幾乎整天都忙個沒完，如今我終於能獨自在浴缸裡舒服地泡澡了。

「……累死了。」

浴室裡只有我的聲音迴盪著。有獨處的機會後我重新思考，這才感慨起最近身邊還真是發生了太多事。

希耶絲塔事先安排的綁架，藉此告訴我們偵探死亡的真相。再來就是透過《希耶絲塔》的協助，讓夏凪回憶起被封印的另一段過往，而她跟另一個人格海拉也和解了。

接著等問題終於告一段落，這回又發生蝙蝠越獄以及齋川家的醜聞。包括我跟齋川，以及夏凪和夏露，都一起以《希耶絲塔》的隱藏居所做為據點，被迫過起了逃亡生活。

「真是的，太不講理了。」

我忍不住嘆了口氣同時又冒出口頭禪。不過，短短幾天就發生了這麼多事，我稍微抱怨一下也不算過分吧。

「……希耶絲塔。」

因此，我才會脫口呼喚過去那位搭檔的名字，這也不是什麼嚴重的問題吧。沒錯，絕對不是我還想要跟那傢伙重逢喔……

「這樣不行啊。」

自己什麼時候變成如此軟弱的人。

答案一下就揭曉了——是一年前。一年前的那一天，當希耶絲塔死了我就變成這樣。

刻意無視真相，遺忘使命，逃避日常，只能解決一些被捲入的微不足道案件。我欺騙自己的心，認定這樣就算是繼承偵探的遺志了。

但如今的我，是否又發生了改變？

邂逅夏凪讓我得知希耶絲塔生前的想法，透過齋川的委託讓我回憶起自己的使命，最後則在夏露的斥責下我真正繼承了偵探的遺志。

不過，這一切是否都是我的錯覺。

對希耶絲塔和夏凪的過往一無所知的我，最後還是只能維持那天的狀態。

那個什麼也不知道，只沉浸在日常溫吞安逸中的那一天——

「別泡了。」

不知不覺當中浴缸的水都涼了。

人如果一直沉浸在溫吞安逸中，最後遲早會凍死吧。

我恢復冷靜的腦袋，想通了這一點。

「哎呀，看來魚肉香腸的說法不修正一下不行了。」

我猛然回過神發現浴室的門被打開了，齋川就佇立在眼前。

……齋川佇立在眼前？

「笨蛋，妳在幹麼啊！」

我奮力把身體縮回浴缸，同時對齋川吼道。

「沒有啦，那個，因為我給君塚先生帶來許多麻煩，至少讓我用擦背的方式報答。」

「妳現在這樣就是給我找麻煩！快把門關上！」

「真是的，拿你沒辦法呢。」

齋川無奈地說著並關上浴室的門。

「嘿咻。」

「……為什麼妳還在這裡啊。」

「咦，可是跟年幼的女孩一邊聊天一邊泡澡，不是君塚先生唯一且最大的樂趣嗎？」

「齋川，難不成妳的嗜好是把我的社會評價拖入谷底嗎？……而且關於妳說的那件事，都是那傢伙不按牌理出牌的緣故。」

這讓我想起來，以前希耶絲塔也做過類似的事。

「對了君塚先生，就算你把我趕去更衣間，我用這隻《左眼》也能隔著門清楚透視你的裸體喔。」

「妳現在馬上給我轉過身去。要看我的裸體，只限於我已經做好覺悟的對象。」

「……你那句話，乍聽之下好像什麼高尚的格言，但其實只是想跟女孩子一起洗澡而已吧？」

真不愧是齋川，吐槽總是能戳到別人的痛處。

「不過，原來你跟希耶絲塔小姐有過那樣的互動啊，我學到了。」

「別寫在筆記上啊，不論哪間高中的入學考都不會考這個。」

我對浴室門外的齋川說道。

「還有，我差不多要出去了。」

於是我把齋川趕出更衣間，並離開浴缸。

「不過你想想看，我對希耶絲塔小姐的事幾乎是一無所知耶。」

沒想到齋川好像還不打算停止那個話題，這回是隔著更衣間的門對正在用毛巾擦乾身體的我說道。

「君塚先生有發現嗎？事實上我跟希耶絲塔小姐，幾乎沒有任何接點。」

的確沒錯，這麼說來正如齋川所言。

「夏凪小姐跟夏露小姐不是都跟希耶絲塔小姐有很深的羈絆嗎？夏凪小姐繼承了希耶絲塔小姐的心臟，而夏露小姐又是希耶絲塔小姐的得意徒弟。」

「那只是夏露自稱罷了。」

其實，我知道她想說什麼。不管是夏凪或夏露，從很久以前就直接遭遇過希耶絲塔本人。但，只有齋川——

「呃，我的意思並不是抱怨只有我被排擠喔？我想說的是……」

隔著門傳來齋川略顯慌張的說話聲。

「也就因為是這樣，就某種程度我好像能處於中立的立場。」

「中立？」

「是的，中立。舉例來說，如果把我們現在涉入的狀況當作一個故事——那麼你認為處於中心位置的人是誰？」

這個問題相當抽象，不過即便是那樣，我腦中也瞬間浮現某個人物。

「是希耶絲塔吧。」

終於換好衣服後我打開更衣間的門……但，齋川並不在那裡。

「是的，我也有同感。」

這時從客廳傳來她的聲音。所以是要在那邊繼續聊嗎？

「嗯，如果沒有她，這個故事根本不會開始。」

我當了希耶絲塔的助手三年。夏凪則是希耶絲塔的老友、仇敵——如今還繼承她的心臟。夏露仰慕希耶絲塔如師父，這點至今仍沒變。至於我們目前的對手《SPES》，更是希耶絲塔必須打倒的敵人。

沒錯，在我們身邊發生的故事全都可以追溯到希耶絲塔身上。

世界是以她為中心轉動的。

「但在大家當中，只有我跟希耶絲塔小姐的距離最遠。」

返回客廳，齋川正雙手捧著馬克杯，呼呼地吹著氣。

「這是熱牛奶，君塚先生也請用。」

「現在是夏天耶。」

話雖如此，但都已經幫我準備了，我也無可奈何。於是我坐在齋川對面。

「因此，或許只有我才有立場這麼說，對吧，君塚先生。」

到了這時，我才有空閒重新觀察先前因太慌張而沒有看仔細的齋川模樣。

粉紅色的睡衣，剛洗過澡的甜美香氣，自然垂散開來的秀髮。此外沒有戴眼罩的左眼，如青色寶石一樣美麗。

「這是，我們的故事。」

接著她嫣然一笑，

「這是屬於夏凪小姐的，夏露小姐的，以及君塚先生的，你們各自的故事——因此，自己想要怎麼做，我覺得自行決定就好了。」

我覺得這樣就可以了。

她說完後，似乎覺得很好喝般啜飲著熱牛奶。

「呃，話說回來，不論怎麼看，這回的事件都應該輪我當主角了吧，為什麼我不是被拯救的一方，反而要去救別人呢？君塚先生，你可以稍微鼓起幹勁來拯救我嗎？」

「這真是本世紀最大的不講理啊。」

◆這只是替偶像策劃的簡單推廣工作

到了翌日。

我跟齋川一大早就離開《希耶絲塔》的住處，一起搭車。這輛車是齋川唯專用的接送車，她的專屬司機正握著方向盤。

「是說出門的時間還真早啊。正式演出不是在傍晚嗎？」

我坐在後座，對旁邊正在看手機的齋川提問道。

今天的預定行程，是齋川要參加有她上臺的音樂節目現場直播。雖然她依然過著躲避新聞媒體採訪的逃亡生活，但只有現場直播是無法取消的，因此我才得像這樣陪同。

「有許多事前的準備工作呀。畢竟，我可是超級偶像耶。」

說著，齋川把剛才在看的手機收起來，像貓咪一樣用力伸了個懶腰。

「妳好像很睏，是睡眠不足嗎？」

「是呀。昨天在那之後，又跟其他女生群聊到很晚。」

這時，齋川側著頭靠在我的肩膀上閉目養神。這位偶像也真是的，精力的高低起伏非常劇烈……是說她在我面前的模樣也太放鬆了吧。

「附帶一問，女生們聊的主題是什麼？」

「唔——主要是在說君塚先生的壞話。」

「早知道就不問了。」

好吧，能讓我當犧牲品加深那三人的感情也不賴……是這樣嗎？

「是說，今天不能讓那兩位也陪我一起出門嗎？」

只有我一人陪同果然會讓齋川感到不安嗎，又或者這只是單純的疑問，只見她坐直身子這麼問道。

「是啊，還得顧慮到蝙蝠。」

蝙蝠在席德的協助下越獄了，而且還不清楚他鎖定誰為目標。舉例來說，他可能在席德的指示下，對繼承希耶絲塔遺志……以及《名偵探》這個職位的夏凪做攻擊，這樣的機率很大。因此我才希望夏凪盡量待在安全的地方，並選擇夏露擔任護衛。

「那個人，是叫蝙蝠先生對吧。如今《希耶絲塔》小姐正在對付他？」

「是啊，照道理是這樣……」

其實今天早上，《希耶絲塔》給我的手機發了一條訊息。我把訊息內容唸給齋川聽。

「『這裡的事交給我。君彥只要在旁守候齋川唯的抉擇就行了』，內容是這樣的。」

看不太懂這則訊息的意圖。

不是保護齋川——而是守候。

是因為我在她眼裡不算什麼戰力嗎？嗯好吧，確實在那三年間，我幾乎都只能躲起來守候希耶絲塔去戰鬥而已……

「原來如此，《希耶絲塔》小姐似乎相當瞭解君塚先生呢。」

這時齋川又在不知不覺中取出手機，對著螢幕喃喃說道。

「所謂的守候我，對總是站在演唱會觀眾席後方交叉雙臂，裝出一副是我男友模樣的偶像宅君塚先生來說，或許最合適不過了。」

「齋川，妳以為不論怎麼說我，我都會原諒妳嗎？」

「是的，我是那麼認為。」

還真的咧，一點都不會良心不安。

「畢竟我堅信，不論出了什麼事，只有君塚先生會始終站在我這邊。」

「不要隨便用好聽的話總結，把自己的失言蒙混過去啊。」

「啊，好像差不多要到了。」

結果，齋川強行轉移話題。是說這招我也常用，因此關於這點我沒資格擺出強硬的態度。

「嗯……不是要去電視臺嗎？」

剛才聊天聊得太專心所以一直沒察覺，現在猛然看向窗外，才發現不知何時已是一片遠離都會的景色。此外，隨著車輛繼續前進，高樓大廈的蹤影完全消失了，老式的住宅與陳舊的招牌卻映入眼簾。

「君塚先生，已經到囉。」

車輛在此停下，我聽從齋川的指示來到車外。

「這是哪裡……」

我忍不住伸手遮擋刺眼的夏日陽光。

一片藍天與綠色的山稜，附近的樹木上還有蟬鳴。充滿著夏天氣息的這個地方，真可說是能讓人忘卻都市的祕境。

「那麼，我們走吧。」

看來接著還得繼續步行的樣子。陽光穿透白雲灑到地面，齋川彷彿在為我引路般，沿著鄉間小徑不斷前進。

「我們好像在爬山耶，山頂上有什麼嗎？」
「咦？啊——有溫泉！」
……她說了一個遠超乎我想像的答案。
「嘿嘿，偶像跟製作人禁忌的私奔！」
「……妳應該不是認真的吧？」
「不行嗎？往鄉間祕湯的逃避之旅……喔，剛才抓到了不錯的韻腳，可以加進下一首單曲的歌詞裡。」
齋川無視我逕自取出筆記。我預感將會有一首迷曲而不是名曲要誕生了。
……不過，如今比起那個。
「齋川，說真的，妳果然很怕媒體記者吧？」
這時，齋川的肩膀好像忽然顫了一下。
「你說什麼呀，君塚先生。」
但她根本沒有回頭，繼續往前邁步。
齋川不是那種會輕易示弱的人。她總是掛著偶像這張笑臉，把真正的心聲藏在面具後。
「好吧，如果是我誤會那就算了。」
感受著有青草味的蒸騰暑氣，我們繼續走在這被綠意環繞的小路上。

◆對這個世界吶喊，真不講理

的地。

「到了喔，就是這裡。」

我的直覺雖然早就告訴我什麼溫泉是騙人的，但萬萬沒想到這才是她真正的目

「這裡，是我的父母親長眠之處。」

在一座豎立於綠色丘陵上的墓碑前，齋川悄悄彎下膝蓋。

「老實說，包括這座丘陵在內，附近一帶全都是齋川家的土地。因為這裡視野最好，才把墓地選在這。」

齋川這麼說道並點起香。

「我也可以祭拜嗎？」

「謝謝，我想他們兩位一定會很高興的。」

於是我跟齋川並肩而立，閉起眼雙手合掌。

當然我並沒有見過齋川的父母。只是既然已經體認到她的思念，我也決定獻上默哀。

「感謝。」

清風吹拂，齋川抬起臉露出微笑。

「我想他們二位，一定也會為我覓得生涯的伴侶感到安心吧。」

「騙人的吧，已經回到可以亂開玩笑的場合了嗎？」

「是的，父親他們可是比我更喜歡搞笑。」

「真沒想到是遺傳自雙親的啊。」

我們如此一來一往，最後噗嗤一笑。

「……不過，該怎麼說，總覺得自己就像在做夢。」

「夢？」

「是的。我一直在想，這一切會不會只是一場壯闊的整人遊戲。其實他們兩位還活著……遲早會從躲藏的地方衝出來，故意嚇我一大跳。我偶爾會想像那種場景。」

齋川如此說著的側臉，是至今為止我所見過她最悲切的表情。

父母死亡的現實，即便過了三年光陰依然無法在齋川心中消磨掉……正如同我過了一年，還是那樣。

「結果只要是我獨自一人時就會感到不安……希望永遠有人在旁邊守候著我。」

「所以，妳才要成為偶像？」

「……嗯，或許這也是原因。」

齋川抱膝如此回應我。

「況且，以前父親也對我說過。他希望我這生都能穿著美麗的洋裝，在眾人面前閃閃發光。此外我母親也說要我到外面的世界飛翔，多交幾個朋友，這幾乎要變成她的口頭禪了。因此我才——」

這麼說著的齋川浮現出好像在懷念過往的表情。

「然而，我不可能永遠當偶像。你看，世界的危機不是已迫在眉睫了嗎？」

「會嗎？一邊唱歌跳舞，並不時跟《人造人》戰鬥，這樣的偶像也滿有趣的嘛。」

就跟以前那位很熟悉日本偶像的名偵探一樣。

「……呼呼，君塚先生的說服方式總是這麼有趣呢。」

齋川一邊這麼微笑道，一邊倏地站起身。

「不過偶爾——我也會感到有些厭倦。」

她沒有看著我，只是低聲咕噥道。

隨後她俯視眼底下的景色，用力伸了個懶腰。

「唔……！大自然果然很棒！」

齋川背對我，用充滿活力的聲音對我說。

「怎麼樣？把工作全都拋開，兩人在鄉下開始真正的生活吧。」

「習慣都市生活的千金大小姐絕對辦不到吧。」

「唔，才沒那回事。我會做料理，自給自足也沒問題。」

「一開始的幾天是可以，不過鐵定很快就會想念便利商店跟無線網路了。」

「……你好冷淡。」

或許是對我的反應感到不滿，齋川氣嘟嘟地取出手機開始滑。

「如果是有梗的吐槽也就罷了，你那種否定一切的態度真叫人討厭。」

「是嗎，那我只能投降了。」

我隨口說著……一邊悄悄站起身，繞到齋川的背後。

「──既然如此，現在被妳討厭也沒關係囉。」

我迅速從她手中把手機搶走。

「嘎！請、請還給我！」

齋川蹦蹦跳跳地，試圖摸到被我高高舉起的手機。不過二十公分以上的身高差是沒那麼容易彌補的。

「你為什麼那麼過分！是因為我說要過鄉下生活又一邊滑手機嗎！既然這樣……」

「錯了。」

……哎，這裡就容我雞婆一下吧。

我制止還在掙扎的齋川，把手機畫面展示給她看。

「是因為妳今天，一直在看這個。」

螢幕所顯示的，是某個社群網站的時間軸。上頭有醜聞報導後，一大堆攻擊齋川的留言。

齋川絕對不會示弱。

但她在成為一名偶像前，也只是一個中學三年級的女生。這連續幾天的報導，不可能不使她心煩意亂。

「……請還給我。」

「嗯，抱歉。」

齋川接過我遞去的手機，很不自在地垂下頭。

「如果他們要說我的壞話，我無所謂。」

說到這，齋川咬住嘴唇，關閉手機的電源。

「可是，說父親和母親的壞話……我就忍受不了。」

對齋川而言，雙親就像她人生旅程的路標。如果有人膽敢汙衊她父母，她絕對無法容忍……然而，齋川目前並沒有任何能扭轉輿論的手段。想要跟這種無形的巨大惡意作戰，從一開始就是不可能的。

——但即便如此。

如果說有一件事，是我們現在還可以做的。

「君塚先生？」

我向前踏出幾步，齋川則好像很不可思議地看著我。

……抱歉了，齋川。我能想到的就只有這個。

接著我用力吸了一大口氣。

「——別開玩笑了啊啊啊啊！」

從山丘頂上，對眼底下的景色使盡吃奶的力氣大叫道。

「君、君塚先生？」

本來臉色黯淡的齋川，就像完全出乎意料般對我瞪大眼。

「那個，你代替我發怒我是非常高興啦，但那麼做未免太丟臉了吧……」

「不要擅自耍帥失蹤啊！笨蛋希耶絲塔啊啊啊！」

「原、原來你是為了那個……！」

齋川很罕見地露出慌張的樣子吐槽道。

真抱歉啊，我忍不住就喊出了心聲。

——不過。

「來吧，齋川。」

我朝她伸出手。

「把妳心裡的事也全都吼出來。」

既然無法改變別人……或改變任何事，那至少對那些不講理吶喊，應該是可以容許的吧。

「……偶像說粗話不太好吧。」

「現在還不到妳扮演偶像的時間。」

在直播的時間到來以前……齋川唯，不過是個純真的中學三年級少女罷了。

因此她不論說什麼都可以被原諒。

至少現在——在這個場所。

「————混、混帳東西~~~~！」

站在我身旁的齋川，卯足全勁提高音量。

對不如人意的現實，難以忍受的不講理，她摘下眼罩喊叫道。

「一無所知的你們！」

「你們這些人。」

「你、你們這群傢伙！」

就像是要用最誇張的方式震撼酸民般，她深深地、用力地吸了口氣。

「不准瞧不起我最喜歡的父親和母親！」

她用彷彿能直達遙遠天際的聲音如此吶喊。

「……他們兩位，一定聽到了吧。」

接著她又呼吸一次，把氣息調順。

齋川用碧青的眼眸望向我，露出彷彿擺脫掉厄運的表情喃喃說著。

這樣做當然不可能解決所有問題。但至少，她待會一定能唱出最美妙的歌聲——我確實產生了這樣的預感。

「是啊，剛才的大叫就像用電波塔傳出去一樣真是帥呆了。」

「啊哈哈，要是連粉絲都聽見那可就糟了。」

對呀不過——齋川把雙手交疊在背後，抬頭仰望我。

「當我被網路霸凌時，要拜託你出來鎮暴喔——製作人？」

她對我露出宛如花朵般天真爛漫的笑容。

◆女孩子不論何時，都想穿美麗的洋裝

那之後我們重新前往電視臺。我跟移動到後臺休息室的齋川分開，自行進入攝影棚裡保留給製作人的位置。

據說這是暑假特別節目，所以音樂節目會在夜晚的黃金時段播出。舞臺被大量照明的布景和攝影機包圍，對面的觀眾席則坐滿了人。

「請表演者入場。」

終於到了節目正式開播的時間，伴隨工作人員的提醒，主持人跟助理主持人，以及演出的藝人紛紛入場。觀眾席歡聲沸騰。接續許多位演出者之後，齋川也揮著手走上舞臺。她跟早上不同，已化了最時尚的妝，還換上有許多蕾絲、花邊、緞帶裝飾的衣服。真不愧是偶像齋川唯，那股氣場有壓倒性的差異。

然而，異樣也在同時發生了。

「……果然會這樣。」

觀眾席發出了微弱的交頭接耳聲。大家都已經察覺到什麼，卻還得假裝什麼事都沒發生的樣子。其他演出者也絲毫不表現在臉上，依舊掛著笑容，但我總覺得他們那種反應就像是在做無聲的抗議。

不過，這也是意料中事。在醜聞報導仍持續之下，齋川在節目登場不被他人另

眼相待才怪。然而就算是在這種環境下，齋川只要察覺攝影機正在拍她，還是會笑咪咪地擺出各種姿勢。

看到這一幕，我附近的後臺工作人員喃喃唸了句「還真悠哉」。

哎，你以為齋川感覺不出這種氣氛嗎？這麼說來，你的唯喵檢定五級鐵定無法通過了。

「正因為這種時候她才要保持笑容啊。」

我在胸前交叉雙臂，從攝影棚繼續守候直播。

這個節目，是以先讓主持人跟藝人閒談，接著再讓藝人唱歌的流程。要登臺的藝人共有十五組，而整個節目大約要過兩小時才會輪齋川上場。

「接下來是齋川唯小姐。」

伴隨主持人的呼喚，攝影機給齋川來了個特寫。

「大家好——我是世界第一最最可愛的偶像，齋川唯！」

齋川再度擺出可愛的姿勢登場，並站到男主持人身邊。接下來照慣例要聊到她最新的單曲與最近的工作，閒談大約會持續一、兩分鐘。

……到這裡都還好，可是——

「最近，妳好像過得很辛苦啊。」

男主持人露出淺淺一笑把這個話題扔給齋川。

「……！」

聽到這唐突的一問，齋川瞬間瞪大眼睛。

「……唔，之前開會是白開了嗎？」

我也忍不住咬著嘴脣。

今天早上，我跟節目單位那邊的製作人用電話討論過今天的流程。當時，我千拜託萬拜託，在直播時千萬不要觸及那件醜聞……但或許是為了鎖定這件事的話題性跟收視率吧，主持人還是在此提出了任誰都不想被問的問題。

「雖說是妳父母親的事，但也不可能跟妳毫無關係吧。」

齋川整個人僵住了，男主持人卻繼續追問。

「這個混帳東西！」

我幾乎要衝過去……結果正好跟齋川四目相交。

她朝我微微搖著頭，接著重新轉向主持人那邊。

「雙親的事引發騷動真是十分抱歉。」

她毫不掩飾地乖乖低下頭，這個動作讓攝影棚掀起一陣嘈雜。

「不過……」

齋川隨即抬起頭。

「我還是我。今天這裡是我的舞臺。因此唯獨這個片刻，請大家只注意我的表演就好了。」

就這樣，她用促狹的表情對男主持人笑道。

「場面話。」

不知是誰嘀咕一句。

可能是演出者、觀眾，或後臺工作人員，甚至是為了提高節目娛樂性的特殊效果，但不管如何，試圖扼殺齋川的惡意之聲，就這樣在安靜的攝影棚裡響徹。

「……是，啊。的確，或許只是場面話吧。」

過了數秒的沉默，齋川點點頭。

但我很清楚。齋川不是那種會到此罷休的女孩。

她撐過了雙親之死，與世界之敵戰鬥，將壓迫自己的諸多不講理之事甩開，最終才能站在這裡。

「不過，就算是那樣，我也會繼續說場面話——畢竟。」

這時齋川果然笑了。她笑著說道。

「偶像不就是無論何時，都要用美麗的事物來裝飾自己嗎？」

齋川並沒有看主持人，而是對著鏡頭另一邊的觀眾眨眨眼。

攝影棚立刻陷入一片寂靜。

後臺工作人員對主持人轉動手臂示意。

「……嗯嗯，那麼接下來就請齋川唯小姐為大家演出。」

愣了一下，主持人才慌忙恢復流程。

但這間攝影棚的**支配者**，就在剛剛已被這位少女取代了。

這是屬於偶像齋川唯，也只能靠齋川唯成立，更是為了齋川唯粉絲而存在的舞臺。

在如此狼狽的主持人面前，齋川搶過麥克風。

「呃，曲目是……」

「曲名是——藍寶石☆幻影！」

她如此吶喊著，就像要讓聲音抵達那高聳的某座山丘上。

◆惡夢就這樣來襲了

那之後直播順利結束，我前往電視臺的地下停車場等待齋川。

「妳真了不起啊。」

在等待的期間我打開手機，瀏覽社群網站上關於剛才節目的留言。結果上頭寫的，幾乎都是對男主持人的非議，以及對齋川的激勵話語。

當然，光是這樣不可能洗清對齋川父母的疑慮，檢察體系依然在持續調查當中。不過就算如此，齋川還是把籠罩在攝影棚的那種微妙氣氛……不，應該說是遠超乎那種規模，而是連我都覺得不可能輕易改變的世間惡意，光憑一首曲子就加以扭轉了。

「正如《希耶絲塔》所說的。」

沒錯，我從一開始就沒什麼事可做，只能守候齋川的抉擇。而在旁守候她這點，就是我這回的任務了。

「好慢啊。」

她本來應該在後臺休息室換好衣服就過來，但已經遲了三十分鐘以上了。

「嗯？」

這麼說來，已經事先聯絡過的接送車也沒出現。

甚至更可疑的是，從剛才開始就不見半個人影。

以地下停車場的特性，的確不會有那麼多人通過……但這可是在三十分鐘以內，連半個人都沒看到耶。

霎時，有股溼暖的風吹來。

「……！」

緊接著，停車場這一帶的電燈開始閃爍，隨後不規則地被幽暗所覆蓋，最後終於完全失去光亮。

「拜託饒了我吧。」

我不是說過我最不擅長應付這個嗎……

我將手機取出，當作手電筒使用。

這時只要回過頭去，背後一**定會出現某種玩意**，這種模式我在靈異節目上看得太多了。因此我刻意背靠著柱子，瞇起眼環顧四周。

還有電話，只要跟誰保持通話鬼怪就不會找上門。這是我在通訊教○講座學到的知識，因此我莫名其妙地用顫抖的手指撥起電話。

「夏凪拜託快接，夏凪，夏凪，夏凪夏凪夏凪夏凪夏凪夏凪夏凪夏凪。」

我就像跟蹤狂一樣試著給她奪命連環叩，但夏凪卻沒接電話。

難道這也是受到鬼怪的影響？記得好像會妨礙信號什麼的……這時，我已經陷入半恐慌的狀態。

「喔？燈點亮了？」

雖然比不上先前的亮度，但至少微弱的燈光再度亮起。

……真是的，別嚇人啊。

我離開柱子，切斷通話。

不過，就在我暫時忘了先前心懷的恐懼感時——如果**有什麼玩意要現身**，一定會挑這種輕忽的時候。

「餌食落在了恰到好處的地方啊。」

下一瞬間，我的脖子後側竄出尖銳的刺痛。

「…………！」

連聲音都叫不出來。

全身失去力量，雙膝一跪癱軟在地上。

不清楚這是怎麼回事，唯有死亡的預感在腦中馳騁——

「喝了這些應該能應應急吧。」

不過，若是要問我預感出錯的理由，那就是**對方**比預期中更快鬆開我的脖子吧。

「……唔。」

我倒在地上，抬頭仰望佇立在我背後的那傢伙。

那玩意全身被白色的衣服包裹，是個身材高大的男子。

銀色的髮絲，金色的瞳孔，此外還有雖然美觀端正，但簡直就像在輕視眼底下一切的冷酷五官。至於他的嘴邊，還沾著我的鮮血。

「你這傢伙，是……？」

在朦朧的意識中，我問。

「怎麼了，人類。」

這時，那傢伙**打開背後的巨大黑翼**並這麼說道。

「第一次見到吸血鬼嗎？」

◆懸疑推理要配超自然奇幻

狂亂的夜風吹醒了我。

……我醒了？

環顧四周，發現自己身處某個建築物……恐怕這是電視臺的屋頂上吧。

此外。

「醒了嗎，人類。」

那傢伙靈巧地用單膝跪坐在屋頂的細欄杆上，手裡還拿著裝有液體的紅酒杯。

「怎麼了？對**自己的血**有必要這樣目不轉睛地盯著嗎？」

銀髮金眼的男子，搖晃著大玻璃杯得意洋洋地笑道。

我的惡夢還沒有結束。

「你是怎麼上來這裡的。」

我用手確認脖子上的傷口，同時對那位身穿白色外套的男子問道。

「無聊的問題。」

這時男子一口氣**喝乾我的血**。

「當然是把你摟在懷中飛上來的。」

他再度展開那對黑得發亮的翅膀。

我剛才還在祈禱最好是自己看錯了，但如今已不得不承認。

這傢伙是非人的存在——吸血鬼。

這是古今中外，在許多民間傳說登場的人型怪物。吸食人類的血，享受永生的他們，據說是不死之王並留下許多繪聲繪影的謠言。

……不過。

「……能不能避免用那種容易招來誤會的說法。」

我已經被這個男的吸吮過脖子了，再加上什麼摟抱在懷中這種形容方式還是盡量不要用吧。

「不必多慮，你這小子只要乖乖把身體奉獻給我就好。」

「你很故意喔？是刻意挑那種容易被誤解的說法吧？」

「高貴的吸血鬼，以及隸屬的人類。接下來的事你懂的？」

「誰懂那個啊！難道我長得像受嗎！」

我可沒說過那種話。不過這裡先暫時冷靜一下。

「喂，吸血鬼。你這傢伙，究竟……」

「史卡雷特。」

吸血鬼打斷我的話。

「這是包括過去、現在，以及未來永恆。統治所有黑夜，支配下等愚民的——王者之名。」

從剛才隨口開玩笑的模樣，突然轉為宛如盯著眼前獵物的大蛇，那金色的眼珠還銳利地轉動著。他這種風格讓我不禁渾身豎起寒毛。

對這種傢伙挑起對決，或是試圖偷襲什麼的，光是內心有這個盤算都是徒然無

功。我只是像這樣跟他距離幾公尺面對面，就能清楚搞懂上述那個道理。不，是**他強迫我理解的**。吸血鬼與人類，在做為生物的層面上——根本是截然不同的等級。

「哈，也不用僵硬成那樣吧，人類。」

這時，史卡雷特從欄杆上跳下來，表情也瞬間緩和許多。當然他並沒有露出笑容，依舊是那副桀驁不馴的表情和態度，只是方才的殺氣已收斂下去了。

「不必擔心，我以後不會吸你的血了。真要說起來，我只對美麗的對象有興趣。」

「等一下，那就是說你罵我長得很醜？」

這麼惡劣的壞話可是連希耶絲塔都沒說過喔？

「哈哈，怎麼啦，人類。」

下一秒鐘，原本應該待在數公尺外的史卡雷特不知何時站到我面前，還把那張格外端正的臉孔湊過來。

「——你渴望我的寵愛嗎？」

他以指尖掀起我的下顎，用魅惑的聲音喃喃說著。

「……不知為何，我覺得我們周圍好像有一大堆薔薇在怒放耶。」

「性別只是枝微末節的問題。你該升級一下你的價值觀了，人類。」

真沒想到我還得聽吸血鬼說教。

之後史卡雷特又嗤之以鼻地發出笑聲，一眨眼便再度跟我拉開距離。

「是說你不是只對美麗的對象有興趣嗎？那剛才為何還要吸我的血？」

「啊？那個啊，都怪我太大意忘了兩週左右就得進食一次。剛才那只是應應急罷了。如果當時沒遇到你，我就得餓死在那個地方了。」

「喂等一下，史卡雷特。你這傢伙，對待救命恩人該是這種態度嗎？」

為什麼總是一副高高在上的樣子？

為什麼現在還要像雜誌封面的男模一樣用力撥起自己的銀髮？

「不過，男人的血果然很難喝。要不是我已經兩週沒進食，我一定會當場吐出來。就對著你那張臉。」

「殺人未遂的傢伙，竟然還有資格說這種話！」

假使這傢伙是人類，我早就以對等的立場動手痛毆他了。

是的，我是指假如我們立場對等的話。

不過，這傢伙——

「……史卡雷特，你是《調律者》對吧？」

「喔呵？」

聽了我的話，銀髮男子瞇起眼。

果然沒錯。為了從各式各樣的危機底下守護世界所任命的十二位《調律者》，史卡雷特擔任的正是其職位之一——《吸血鬼》。

當初聽《希耶絲塔》提起此事時，我萬萬沒想過還真的有吸血鬼存在……然而像現在這樣親眼目睹也不得不承認了。

「是喔，原來你也知道。但**白日夢**說她沒對你提過這個啊。」

白日夢——恐怕就是指希耶絲塔吧。

「史卡雷特，你認識希耶絲塔嗎？」

「啊？你是問我跟那女人的關係？……這個嘛。」

史卡雷特這回突然露出思索般的表情。

怎麼了，為何不馬上回答？只不過是要說出兩人是什麼關係而已。好比點頭之交、都是身為《調律者》的同事之類。

「嗯，沒必要對你這小子說明。」

「……慢著。是你不想說？還是不能說？」

「哈！竟然質問起男女之間的關係，真是低俗的生物啊。」

「……你剛才說男女之間對吧？是不是在暗示那種氣息？」

騙人的吧。對，一定是謊話。我不相信，拜託那一定是在騙我。

我跟希耶絲塔在三年之間始終是一塊食衣住行，其他男人的影子連一次都沒感覺過。沒事的，沒事的——

「剛才說到氣息，我就想起了那個女人的洗髮精香味。」

「～～唔！」

「你也太單純了吧，人類。」

我忍不住朝史卡雷特舉起手臂，卻被對方嗤之以鼻。

……只能誠心祈禱我不是被吸血鬼捉弄的第一個人類了。

「哈！放心吧，我跟那女人的關係，並非你想歪的那種。」

史卡雷特接著露出彷彿在遙望遠方的眼神說道。

「如果那傢伙是白日夢，那我就是惡夢（Nightmare）了——晝與夜，兩者是絕對不可能有交會點的。」

《名偵探》希耶絲塔，及《吸血鬼》史卡雷特。

在我一無所知之處，他們之間確實存在著不淺的恩怨。

——然而。

「既然如此我更要問，你為什麼要來找我？」

對於你想保持距離的希耶絲塔，你卻找上了過去她的助手。

「理由太多了……首先第一個，我有委託。」

委託——這個詞也令我聯想起希耶絲塔。

「嗯，以我的說法應該叫**契約**吧。幫對方實現願望後，可以收取相應的對價，這就是所謂的等價交換。」

「對價……是指錢嗎？」

「有時候是錢。不過，只要是能讓我接受的，無論什麼都可以。金錢也好，地位也好，最高級的鮮血也好——只要帶來能讓我滿足的東西，就算是與**世界之敵**交手我也會助一臂之力。」

說完，本來應該是代表這個世界正義一方的《調律者》扭曲著嘴角。

「……所以說，你是跟某人定了契約後便找上我？而跟你訂定契約的人物，才是有事找我的人？」

「對了一半。那的確是我來這裡的理由之一——受契約者的委託。不過，那位契約者並不是有事要找你這小子。」

「嘎？不是要找我？」

但既然特地與我接觸，恐怕目標是我身邊的某個人吧——

「是齋川嗎？」

不，就算那樣好了，對方找齋川又有什麼事。

此外史卡雷特的契約者究竟是誰。

「說起追隨吸血鬼的存在，應該只會想到一個吧。」

頓時，有個說話聲從天而降。

緊接著聲音的主人在我前方……降落到史卡雷特旁邊。

「哈哈，又碰面了。華生。」

一如往常地笑著，還扭動自《耳朵》伸出的觸手。

「蝙蝠……！」

而在那捲成漩渦狀的觸手中——露出了齋川唯痛苦的臉龐。

◆原初之種，容器少女

蝙蝠——前《SPES》幹部，對我跟希耶絲塔而言都是有過不少糾葛的對手。

四年前，我們在距離地面一萬公尺的客機中遭遇，蝙蝠當場被希耶絲塔制伏了，那之後他就在日本警察的掌控下坐牢。

然而如今，他已經像這樣越獄了，還出現在我眼前。

此外從他《耳朵》伸出的觸手——

「君塚、先生……」

齋川以苦悶的表情向我求助。

「……唔，《希耶絲塔》不是說過要去解決你的事。」
昨天，《希耶絲塔》就是為此出門的才對……難不成是被蝙蝠逃掉了？那個《希耶絲塔》會這樣嗎？不，如今比起那個。
「把齋川還給我，蝙蝠。」
我從腰際的槍套拔出手槍。
「哈哈，真是個危險的製作人啊。」
蝙蝠可能是透過《耳朵》偷聽到我們的對話，才會嘲諷般地歪曲嘴脣。
「好吧也罷，我也覺得這樣有點重。」
蝙蝠這麼說，跟我的預料相反，很輕易地就讓齋川從觸手中釋放。
「君塚先生！」
齋川衝過來，就像是要隱藏自己般抱住我的腰。
「妳沒事吧？」
「他說我重！請立刻把那個人擊○！」
「好，看來是沒事了。」
我輕輕撫摸齋川的頭，並重新面對眼前並排的那兩人。
吸血鬼跟蝙蝠——這些傢伙是這回的敵人。
「蝙蝠，為什麼你會跟史卡雷特在一起？你不是跟席德聯手了嗎？」

我握著槍，對並肩站立的蝙蝠和史卡雷特分別投以視線。

「喂喂，一題一題問好嗎？」

結果蝙蝠卻哈哈地發出那種每次都令人火冒三丈的笑聲。

「隨便怎樣都好，蝙蝠，就交給你說明了。」

另一方面，史卡雷特卻咕噥著「我才剛醒來耶」並發出聲音轉動頸骨，逕自融入黑影中消失了。

「君塚先生，剛才那是……」

齋川目睹此一光景後瞪大眼睛。

「那是吸血鬼，雖然很難相信就是了。」

但我的脖子已被刻下證據。

「原來如此，恭喜你畢業。」

「……我才不想以男人為對象畢這種業。」

現在不是扯這個的時候。

「蝙蝠，你跟史卡雷特是什麼關係？」

我重新將槍口對準敵人，這時——

「其實本來好像是席德對史卡雷特發出委託，要求把我帶回去。」

蝙蝠也扭動著脖子，一邊說明三者的關係。

「《ＳＰＥＳ》似乎欠缺人手。因此，席德才透過史卡雷特來接觸已經分道揚鑣的我。」

沒錯，這個男的應該已經跟《ＳＰＥＳ》鬧翻才對。據說那場四年前的劫機事件，也是徹底決裂的導火線。

但這回席德好像要拋開恩怨，委託史卡雷特嘗試接觸蝙蝠。之後史卡雷特便突破了嚴密的警備協助蝙蝠越獄。沒錯，就是從那個我曾造訪過一次的**別墅**逃脫。

「不過，我並沒有回《ＳＰＥＳ》的打算。相反地，出於**某個理由**，我跟利害關係一致的史卡雷特結盟了。」

「所以你沒理會席德，直接與我跟齋川接觸？既然如此，你現在又有什麼目的？上次在藍寶石事件中，你不是還幫助過我們嗎？」

沒錯，齋川的《左眼》被《ＳＰＥＳ》盯上那次，就是在蝙蝠的協助下才順利解決。

「可是你這回卻對齋川……你果然是想搶奪她的《左眼》吧？」

我這麼說完後，齋川緊揪住我的袖子。是啊，對齋川而言，這顆藍寶石左眼或許比性命還重要，因為那是她雙親的遺物。

「你的推理還不錯，不過我已經比以前圓融多了，並不打算幹這麼大一票。」

蝙蝠靜靜地說著，並用微睜的眼凝視齋川。

「我只是來邀請而已——要不要成為我們的同伴？」

「「嘎？」」

我跟齋川的聲音重疊了，這傢伙，究竟在說什麼？

「其實很簡單。我只是想知道你們願不願意一起去打倒《SPES》。」

「……所以你這回才沒有理會席德的招募嗎？」

「就是那麼回事。如今第一要務是集中戰力，我有《耳朵》，而那女孩則有《左眼》。」

蝙蝠邊說邊用渾濁的瞳孔看過來。

「因此齋川唯，跟我合作吧。」

他試圖用這種生硬的理由拉齋川當同伴。

「你以為我會那麼輕易把齋川交出去嗎？」

「對啊，君塚先生對我的執著可是到了變態的程度。」

「齋川，妳掩護射擊的時候要打準目標啊。」

真是的，她還是跟以前一樣不懂察言觀色。

「當然，華生跟那位當上新偵探的小姐也可以一起來。總之現在戰力越多越好——為了打倒那傢伙。」

蝙蝠臉上浮現嚴峻之色，提及那個直到最近才大張旗鼓行動的敵人首腦之名。

「席德他……為什麼《SPES》這一年都沒有採取顯眼的行動，你有思考過嗎？」

接著蝙蝠對我拋出這樣的質問。

那也是我沉浸在日常溫吞安逸中的一年。可以說《SPES》的確沒露出任何想跟我接觸的跡象。我過去一直以為，那是代表他們對我這個希耶絲塔的小跟班毫無半點興趣。然而——

「你是指，他有什麼特別的意圖嗎？」

「話說從頭。」

說到這，蝙蝠從外套胸前口袋取出香菸點上。

「幾十年前，席德做為《種》，從這顆行星以外的地方飛來。不過那時的他，並無法完全適應地球的環境。」

「……！」

這是我首度獲得的情報。原來席德的肉體，根本不適合生活在這顆地球上……也正因如此，他才會對生存本能如此執著吧。

「因此，席德一直在尋找能讓他在地球生存的人類容器。」

「容器……席德是要霸占人類的肉體嗎……」

抽出他自己的意識及力量，灌入其他人類的肉體當中。

「沒錯。不過聽起來雖是單純的容器，但其實不是任何人的肉體都可以的。在最低限度的條件下，至少是要適合《種》的軀體，否則席德根本不可能寄居其中。」

「適合《種》？唔，難不成，那座設施……」

「看來你想通了。」

夏凪所提及的六年前的過往。在她們住的那間孤兒院裡，不分晝夜都在做大量人體實驗。而那一切的目的——

「只是為了製作適合《原初之種（席德）》的容器嗎？」

只為了這個理由就把年幼的孩子們集中在孤島上，強迫他們當實驗的犧牲品。

「不過實驗卻比想像中更不順利，能耐得住《種》的樣本可說是少之又少。」

這點在回憶六年前的過往時也有提到。容器必須有足夠的耐久力……也就是說能適合《種》的孩子人數相當有限。例如實驗失敗的愛莉西亞——就因此喪命。

「況且，即便適合《種》，引發副作用的案例也很多。」

「副作用？……像是你的眼睛嗎？」

我這麼問，蝙蝠用鼻子哼了一聲噴出煙霧。蝙蝠原本也是被強制插入《種》的普通人類。他獲得《ＳＰＥＳ》力量的同時，視力也被當作代價喪失了。

「沒錯。副作用就是會剝奪人的五感，甚至侵蝕壽命。正因如此，席德才要追求完美的容器……最終那傢伙找到了兩個候選樣本。她們是——」

「希耶絲塔，跟海拉嗎？」

一年前，席德曾這麼說過，要是我偏袒某一方，計畫就無法成立了。

也就是說，席德刻意讓希耶絲塔跟海拉戰鬥，再占據勝者的肉體做為容器。說穿了席德就是要在這兩個女孩間篩選。

「然而其後果，華生你自己應該相當清楚吧。」

「……是啊，不過我也是最近才想起來的。」

那就是希耶絲塔跟海拉這場死戰的結局。希耶絲塔這個容器已經因其肉體之死而無效了……至於另一個容器，也被海拉、夏凪、希耶絲塔三人塞滿空間。倘若試圖強行打開容器，恐怕裝進去的東西都會損壞。

也就是說，不論希耶絲塔的犧牲對我們而言是幸或不幸，至少對席德來說，淪為了兩個容器都同時失去作用的後果。

「就這樣席德繼續等了一年，等待那兩人再度分離的日子。屆時，他就可以寄居在殘存下來的那方。」

「……不過那一天並沒有等到，對嗎？」

席德恐怕也觀察過在那艘客輪上希耶絲塔跟變色龍的戰鬥，並領悟到這點。

那就是希耶絲塔已經完全在夏凪的肉體定居下來，不可能再出現分離的狀態。

「你說對了。當然，席德這一年來也不是單純縮手空等，只是每當他命令部下展開行動就會遭遇妨礙，無法獲得他希望的成果。最後他終於找上等級完全不同的史卡雷特，才能打出下一張牌。」

這就是《希耶絲塔》所說的，席德的新動向。他失去了最有希望的容器候選人，恐怕如今正在尋找新的容器吧。

至於那容器的條件，除了必須能運用《種》的力量，還得避免過於嚴重的副作用。以這樣的基準，如果說起我身邊的人。

「君塚先生。」

頓時，我的袖口被輕輕拉了一下。

是啊，我都懂了。這個假設，從很久以前就成立了。

「席德是打算讓齋川唯當容器啊。」

◆世界上最醜惡的選項

席德試圖利用齋川做為容器。

此一假設成立後，至今為止許多想不通的疑點也變得合情合理了。

好比一年前，在倫敦，席德把自己變成風靡小姐，出現在我跟希耶絲塔以及夏凪（雖說當時化身愛莉西亞的模樣）面前。接著那傢伙又向我跟夏凪下達尋找《藍寶石之眼》的指示。

當時我們還不知道《藍寶石之眼》具體而言指的是什麼，不過現在回想起來必然是指齋川吧。也就是說早在一年前，席德就試圖讓我們跟齋川接觸——讓齋川當作**容器的保險**，並放在希耶絲塔身邊。這樣席德就能間接地觀察齋川並**培養**。

幸好當時在希耶絲塔的判斷下，我們擱下這件事沒管。當我們實際邂逅齋川已經是一年後的事了。而且我們認識她的契機，正是出於《SPES》寄來「我將取走市價三十億元的藍寶石」這封犯罪預告信。結果那起事件，或許也只是為了培養齋川唯這個未完成的容器而刻意製造的危機罷了。

「……從希耶絲塔死後，事情終究還是照席德的劇本發展了嗎？」

藍寶石事件，以及在豪華郵輪上與變色龍決戰，這一切都在席德的觀測之下。雖然我們覺得案件都已獲得解決，但實際上我們只是被那傢伙玩弄於股掌之上。

「事情就是這樣。目前已經失去最佳容器候選者的席德，接下來一定會盯上這個女孩。既然如此，我們就該先一步採取抵抗的措施。」

蝙蝠邊把菸頭扔在地上邊這麼表示，接著他再度試著邀請齋川成為討伐《SPES》的一員。

「況且這女孩本身，應該比別人更具備和《SPES》一戰的理由。」

蝙蝠用腳踩熄菸頭，並以雙眼對準齋川。

「我……？」

另一方面，齋川對蝙蝠的話一點頭緒都沒有，只能在我身邊歪著腦袋。

「是嗎？妳的《左眼》究竟是怎麼移植到妳身上的，看來妳一無所知啊。」

蝙蝠彷彿了然於胸般微微點頭。

說起齋川這顆藍寶石義眼，我只聽說是因為她生來左眼就失明，她的雙親才贈送她這個禮物……

「聽好囉？仔細想想，就算是有錢人，就算是為了心愛的獨生女，有人會**只因為這顆義眼很漂亮**就砸下數十億嗎？」

「這個嘛……」

被這樣一問，齋川整個人愣住了……難不成。

「這顆藍寶石左眼，還具備連齋川也不知道的祕密？」

聽了我這麼問，蝙蝠才繼續說下去。

「這也是我最近才獲得的情報——這藍寶石女孩一出生，左眼就罹患了惡性腫瘤。」

眼球癌，以前從來沒聽說過有這種病啊。

「主要是發生在五歲以下幼兒的罕見疾病，據說日本每年的病例數也不到百人。此外，當病情惡化後，治療方式是眼球摘除手術，但即便這樣也不能保證不會復發。」

聽到這，我終於搞懂了。

恐怕齋川的父母是擔心用普通方法無法治好女兒的病，才會決定要**不擇手段**搶救自己的獨生女吧——

「所以齋川的父母就去拜託《SPES》嗎？」

為了拯救寶貴的獨生女性命，他們選擇求助邪惡的力量。

「怎麼會……」

首度得知這個真相，齋川的手顫抖起來。她的父母想必是為了避免女兒心存不安，才隱瞞此事吧……不，不只是不安而已，他們最恐懼的是——罪惡感。

「接著他們就向《SPES》的實驗設施投入了巨額資金。」

蝙蝠的這番話把一切可能性都串聯起來了。

在夏凪所說的六年前的故事中，某對日本有錢夫婦持續向孤兒院大量捐款。搞不好那就是齋川的父母也說不定。

而最近媒體開始報導的新聞，指出齋川的父母疑似做假帳。或許這正是指六年前齋川家的大筆可疑資金流向吧。

要是上述假設全都成立的話。

「……請回答我一個問題。」

齋川的右手忽然放開我。

接著她極力保持冷靜地對蝙蝠說道。

「如果有普通人透過訂定契約的方式，間接得知了《SPES》的祕密，那麼當契約期滿時，《SPES》會對那個普通人**怎麼處理**？」

這個質問的用意，連想都不必想就很清楚了。

但我還來不及阻止，蝙蝠就答道：

「毫無疑問會被殺掉吧。」

等待那普通人的，必然是所有情境當中最糟糕的下場——齋川的雙親並非遭遇事故，而是被《SPES》所殺害。

「怎麼會……」

「齋川！」

齋川腳步踉蹌差點倒下去，我趕緊從後面撐住她。

……昨晚，齋川自己說過。

她跟希耶絲塔，以及《SPES》的關聯性較薄弱。正因如此，才能以中立的立場說這是我們幾個人的故事。她這麼說的時候，對自己的人生非常自豪。
然而，如今她也被牽扯進去了。
齋川一點辦法也沒有，只能被捲入這惡夢的漩渦中。
「因此齋川唯也有戰鬥的理由，妳的宿命就是將槍口對準《SPES》。」
蝙蝠這麼說，並自腰際拔出手槍扔給齋川。
他的言外之意，就是要齋川拿起手槍戰鬥。
「我，是……」
齋川的聲音在顫抖。
自己左眼所隱藏的真相，以及雙親身亡的真相。才剛知道這一切的齋川，根本沒有餘裕去做出選擇。
「蝙蝠，先不要——」
正當我打算代替她回答，並往前踏出一步時。
「真是的，遜斃了。」
從蝙蝠附近的黑影中，浮現了某個人影。
銀色的頭髮，金色的瞳孔。
是那位身披白色外套的吸血鬼——史卡雷特。
從短暫睡眠中醒來的這名男子，似乎很不悅地指責蝙蝠。

「你以為用這種交涉方式就能說服對方嗎，**哺乳類**。」

你這傢伙給我退下——史卡雷特主動站到蝙蝠前面。

「哈！吸血鬼，別搞錯喔，我的確是請求你的協助，但那可不代表我是你的手下……」

當蝙蝠對史卡雷特如此反駁的一剎那。

「少得意忘形了——低等生物。」

史卡雷特的金色眼珠，如閃電般亮了一下。

「……唔！」

結果蝙蝠便冷不防當場跪下去。

這似乎違反他的個人意志，但他還是開始向史卡雷特低下頭。

「……可、惡。」

蝙蝠露出苦悶的表情試圖抵抗，不過他的臉還是逐漸沉下去，最後終於完全碰觸地面。

「不過是個人類竟敢對我態度不敬，無法饒恕。你就暫時在那邊磕頭看我示範吧。」

這也是吸血鬼之力嗎？史卡雷特根本不必碰觸蝙蝠就把他制伏了，接著他重新轉向我跟齋川這邊。

「那麼，抱歉啊，害你們白費那麼多力氣。」

結果很意外地，史卡雷特竟然對我們說出謝罪的話。

「不，我們……」

「大家明明都知道，如果想跟對方簽訂契約，就得支付相應的對價才行啊。」

但史卡雷特不理會我的困惑，逕自把話題拉到其他方向去。等我察覺那個方向是往最糟糕的終點前進，並不需要花太多的時間。

「如何，藍寶石女孩。妳要是能聽那傢伙的要求，幫忙討伐《ＳＰＥＳ》，我就實現妳一個願望。」

「願望……？」

齋川聽到史卡雷特這個提議後眼神動搖了。

「是啊，沒錯。什麼願望都可以喔，舉例來說——」

這位吸血鬼，接著以魅惑的聲音低語道。

「讓妳的父母親復活，妳覺得如何？」

◆活著的我們所能做的

「讓我的父親和母親，復活……？」

齋川瞪大右眼。本來以為絕不可能發生的奇蹟，如今那一絲可能性就垂掛在自己面前，她的意志動搖了。然而——

「不可能。」

雖然我明白這麼做很殘酷，但還是得把那種天真的希望一刀兩斷。

「已經死去的人，是絕對不可能復活的。」

任誰都明白這點。

死者無法復生。已經喪失的事物不可能再回來。正因如此，上述人事物才會被稱為無可取代，大家都理解這點。

「是啊，沒錯。」

史卡雷特以不帶情感的聲音暫時承認我的主張，可是——

「但我可是吸血鬼——是**不死**之王喔？」

他面無表情，九十度轉動頭部。

然後這位吸血鬼便向地獄呼喊。

「歸來吧，爬蟲類。」

下一瞬間，從史卡雷特的影子中浮出一個人型的輪廓。

「君塚先生，那是……」

就連剛才已經陷入呆滯的齋川，都訝異地瞪大眼睛。

映入我們眼簾的——是一個生有銀色頭髮、亞洲人五官的纖瘦男子。

此外那傢伙的嘴角，還伸出了像是爬蟲類的長舌頭。

「變色龍……」

他是《SPES》的幹部，也是我們過去的宿敵。在大約一年前於倫敦首度遭遇後雙方便結下梁子，直到最近，才在豪華郵輪的決戰使這傢伙沉入大海——事情應該是這樣才對。

「為什麼你還活著？」

變色龍懶散地前屈身子，長長的舌頭往下垂。他這種姿勢，的確是我在幾次交手中見過的模樣。不過……

「——啊，啊，啊啊，啊啊啊啊。」

宛如來自地心的聲音響起。

「這是，怎麼回事？」

變色龍只會不斷發出不穩定的噪音，根本無法說出有意義的話。他的雙眼無法對焦，腳步也像貧血發作般搖搖晃晃。

這傢伙真是那個變色龍嗎？

「說實話，這應該是稱為殭屍的存在。」

史卡雷特用冰冷的視線對一旁的變色龍投以一瞥。

「我體內所流的不死之血，能夠像這樣讓死人以《不死者》的狀態復活。」

「……唔！所以是屍體人偶嗎？」

我這麼一說，史卡雷特便浮現冰冷的笑容，開始在我們周圍兜圈子。

「屍體人偶，原來如此，是個很妙的形容方式。這些傢伙的確無法說話，也不能溝通。他們喪失了痛覺，其他五感也幾乎沒有功能。就這層意義來說，這些傢伙果然只是活著的屍體吧。」

不過史卡雷特繼續說道。

「透過我的吸血行為所製造出的《不死者》，將會留下生前最強大的**本能**復活。也就是說，那些傢伙能實現生前的**願望**。」

喂，人類——吸血鬼向我問道。

「人死了以後還能實現願望，不覺得這是一種幸福嗎？」

這種價值觀的不同，大概就是人類與吸血鬼之間的決定性差異吧。或者該說，生死觀很奇特的吸血鬼，一旦接近人類後就會產生這樣的結果，類似某種扭曲的思考實驗。

這個男的說法有問題——我雖然明明知道這點，但一下子也沒有任何話可反駁。

「那麼，妳想怎麼做，藍寶石女孩。」

史卡雷特把說話的對象從我轉到齋川。

不，真要說起來，一開始被賦予選擇權的本來就是齋川。

「放心吧，沒有屍體也無妨。只要有骨骼、頭髮，能剩下一點ＤＮＡ的東西，就可以靠我的血讓妳的雙親復活為《不死者》了。」

「…………」

齋川沉默了，史卡雷特則吊起一側的嘴角。

「妳看，如果不快點決定，這個**局外人**可不會安靜下來喔。」

當史卡雷特如此喃喃說著的剎那間。

「——啊，啊，啊啊啊啊啊啊啊啊啊啊啊啊啊！」

震耳欲聾的咆哮聲響起。

「齋川，小心！」

變色龍劇烈地反仰上半身發出鬼吼鬼叫。

他沒有意識，也不知道自己為何會站在這。然而就好像只會這個動作一樣，不斷發出嘶吼。此外他還試圖襲擊我們，努力踏著蹣跚的腳步朝我們逼近。

對喔，變色龍的本能——就是為了生存與鬥爭。

不論是死了，還是復活了，那傢伙都會繼續無意義的戰鬥。

這就是變色龍的願望吧。

「這跟說好的不一樣，吸血鬼。」

我聽見有人發出這樣的聲音，同時變色龍的動作也停了。

本來翻著白眼，試圖抓住我們的變色龍……身體被長長的《觸手》捲了起來。

「喔呵？你竟然還能動——蝙蝠。」

史卡雷特依舊朝著前方，但對背後的蝙蝠可是第一次用名字稱呼。

蝙蝠的左耳伸出《觸手》，壓制了變色龍的行動。簡直就像在保護我跟齋川一樣。

「喂，吸血鬼，我以前可沒聽說你只能製造那麼不完美的《不死者》啊。」

蝙蝠說完後，再度毫不畏懼地糾纏著史卡雷特。

「我當初跟你訂定契約，前提是你可以用更完整的形式復活死者吧。」

與吸血鬼訂下契約——那就是蝙蝠之前提過的，雙方利害關係一致吧。蝙蝠期待史卡雷特復活死者的能力，才準備好相應的對價。然而這招，並沒有蝙蝠當初所想的那麼萬能。

「蠢蛋。」

這時史卡雷特終於轉頭，對蝙蝠的反駁劈頭罵道。

「天底下怎麼會有不需要代價的奇蹟。想得到什麼同時也會失去什麼，這是理所當然的事。還是說，你真的以為**只要靠一根頭髮就能讓令妹恢復生前的模樣**？」

「……唔！閉嘴！」

蝙蝠激動起來。

不過，他的矛頭並沒有對準史卡雷特，反而加重綑綁變色龍的《觸手》力道——就好像在藉由不完美的《不死者》宣洩怒火一樣。

「——啊，啊啊，啊。」

變色龍發出痛苦的呻吟。

那已經跟當初想與我們為敵的模樣大不相同了。

「來，藍寶石女孩，由妳決定。」

史卡雷特再度將選擇權委由齋川。

「復活的死者的確會變成這樣子。不過不必多慮，正如我剛才所說，我所製造的《不死者》，會伴隨生前最強烈的願望復活。喂，藍寶石女孩，妳認為妳雙親的本能是什麼？」

史卡雷特向齋川拋出質問。

「——對孩子無償的愛。」

但他隨即眯起金色的雙眼，自問自答地斷言道。

「因此，當妳的雙親復活後，即便化為屍體人偶，只有對獨生女的愛是絕不會忘卻的吧。」

喂，藍寶石女孩——史卡雷特又說。

「像這樣的雙親，妳不想再見一次嗎？」

齋川聽了他的勸說後。

「…………」

只是一直站在原地不動，並用力握住雙拳。

而在她眼前的。

「——嘎，啊，啊啊。」

卻是被蝙蝠《觸手》捲起來的變色龍，正發出不成聲的吼叫試圖恫嚇我們。此外那傢伙還將手伸向前面的齋川。剛才蝙蝠扔出去的槍，則躺在齋川腳邊。

「齋川……」

正當我想對齋川說些什麼時——我放棄了。

這次，沒有任何我能幫忙的地方。

畢竟出門以前，那位《希耶絲塔》已說過。

要我守候齋川唯的抉擇。

我的直覺告訴我，那一定是指現在的場面了。

「好啦，妳打算怎麼做，小姑娘。」

史卡雷特催促齋川做出抉擇。變色龍也拚命拖著身子逼近到我們面前。被這種狀況逼到死角的齋川，終於彎下身子——

「真可憐。」

她輕輕摸了摸變色龍的頭。

「…………」

她對一旁無言目睹的史卡雷特只是投以一瞥……至於腳底下的槍則是連看也不看一眼。齋川臉上浮出寂寞的微笑，正溫柔地撫摸還在發出呻吟的變色龍銀髮。

「你已經，不必再戰鬥了。你的戰鬥，已經被那位溫柔的名偵探小姐，還有助手先生終結了。所以，請你務必好好休息吧。」

……對喔，變色龍不過是席德為了作戰而誕生下的一個複製品，就某種意義來說也是被害者。況且變色龍的戰鬥，已經在那艘客輪上結束了。是希耶絲塔讓他獲得安眠的。

「——啊，啊，啊啊。」

變色龍鳴叫著，似乎是在傳達些什麼，只見他拚死擠出聲音。可惜那些無法產生意義的叫聲，只會被空無一物的夜空所吸收。

「他在說，歌唱吧。」

不過卻有一人，獨一無二的齋川唯，彷彿能聽懂他的意圖。她望著變色龍的臉以嚴肅的表情這麼說。

「……真的嗎？」

「天曉得，我也不知道。」

「喂！」

雖然是處於這種狀態，我也忍不住吐槽道。

「不過，那也沒辦法呀。死去的人，是無法再說話了。」

齋川這麼說並站起身。

「所以我們，就算會被批評為傲慢、任性妄為也好——都只能去思考對方在想些什麼，並加以信任、實行。」

她回過頭，對我笑道。她臉上的微笑帶著一抹如夢似幻的空虛，表情卻比我以前所見過的齋川更加哀傷，也最為真摯。

「——是啊，沒錯。」

死者究竟期望還活著的人怎麼做——說真的想知道這種事是不可能的。齋川的雙親，如今希望獨生女過著什麼樣的人生，現在就算想問出這個答案，也永遠沒機會實現了。

然而齋川還是選擇去相信。

這條由她自己所選的道路，一定也是她雙親所期盼的未來。

「倘若我的父親跟母親還活著，我果然還是希望他們能繼續誇獎我吧。此外要是我……那個以前始終內向、沒有朋友的我，現在卻在那麼多粉絲以及同伴的圍繞下歌唱，被他們聽見了一定會很高興吧。」

這就是齋川唯所堅信的，雙親的遺志。

她並沒有被復仇所汙染。

她只是微笑著，在同伴們的圍繞下，繼續當偶像。

「所以，對不起。我也相信，這一定是你所期望的結果。」

說完，齋川的右手抓起了一支看不見的麥克風。

這是給變色龍的……或者說，獻給齋川父母的安魂曲（Requiem）。

我也覺得這樣就好，齋川唯本該如此。

偶像並不適合拿手槍。

無視現場氣氛，也無視人造人跟吸血鬼，齋川唯開唱了。

「那麼請聽吧，曲目是──」

那之後，她也會繼續唱下去。

◆那一天的後悔，總有一天的約定

「累死了……」

那之後。

我頹下雙肩、彎腰駝背，為了返回那個藏身處而走在夜路上。

「君塚先生，你駝背走路的樣子很像殭屍喔。」

走在我身邊的齋川，用這種比喻批評我。

「吸血鬼、人造人、屍體人偶都到齊了，所以要多個殭屍嘛。」

「啊哈哈，是全明星大集合嗎？」

說完齋川開朗地笑了起來。

我本來想回一句「妳這傢伙還真悠哉」……不過仔細想想，能像這樣開玩笑的現狀，反而讓我鬆了口氣。

「真是的，沒想到妳還願意幫他啊。」

我回想起，幾十分鐘前屋頂上的事情經過——

「哈哈，哈哈哈！」

史卡雷特手抵著額頭，似乎覺得很有趣地爆笑起來。

「這女孩是怎麼回事，感覺已經完全沒把我放在眼裡了啊。」

結果，齋川對史卡雷特「想不想復活妳雙親」這個提案，根本沒有正式回應，只是在屋頂上開了場個人演唱會、表演完一曲後，就為了換衣服獨自趕往後臺休息室。

不過從她的這個反應，我非常確定她的想法——齋川對復活雙親的選項不感興趣。看到變色龍以那種不完全的模樣復活，她已經領悟到自己的雙親並無法恢復成生前的樣子。

此外更重要的是，齋川即便失去雙親，現在也已經能自立了。她的左眼足以看清前方。這就是她的故事，也是僅屬於她的人生。

「也有這麼有意思的人類啊。」

史卡雷特邊說邊靠近變色龍的遺骸。

——當齋川離開後，變色龍就被我送上西天了。

這是我第二次殺死變色龍。雖然我明白對敵人這麼說很奇怪，但我還是默默祝禱他這次至少能獲得安息。

「話說回來，史卡雷特，你為什麼不選席德而站在蝙蝠那邊？」

那位蝙蝠，現在已經消失在幽暗夜色下的遠方了。因此，現在這裡只剩下我跟史卡雷特，所以我才趁機重新確認道。

「說穿了就是看心情……這麼回答也可以。」

但這時，史卡雷特好像還有什麼言外之意。

「就算一次也好，我想徹底**觀察**《**特異點**》。」

他喃喃道出一個謎樣的詞彙，接著又不知為何瞇起眼注視我。

「況且。」

「？」

「席德他——那傢伙當初對我提議的對價，**可不簡單**。」

史卡雷特這麼說道，呼地輕笑一聲。

「當初我心想，陪那個瘋子玩玩好像也挺有趣的，所以才暫時同意了……但以結果論，我已經看到了有趣的東西，所以現在該心滿意足地離開了。」

於是史卡雷特一個輕盈的翻身，靈巧地跳到了欄杆上。

「具體而言，席德到底預備了什麼樣的對價給你？」

「哈！這點你以後憑自己的力量找出來吧，人類。」

假使你真的是站在那位白日夢身邊的男人的話。

史卡雷特佇立在欄杆上，背對我補了一句：

「不過，反正機會難得，我也來問你一個問題。」

站在細欄杆上的史卡雷特，朝我微微轉過身子——

「你這小子，有想要復活的人嗎？」

他以不帶任何感情的臉孔，俯瞰我這麼說道。

復活死者。

假使，這種不敬畏神明的行為真能實現，那我屆時——

「也罷，我現在不想聽你的答案。反正我這次只是來**露個面**，真正的出馬機會還在後頭。你就努力撐到那時候吧，人類。」

結果史卡雷特只拋下這番話，自欄杆後仰倒下。

我眼見他要離去，立刻表明。

「我叫君塚——君塚，君彥。」

連我自己也不清楚為何要這麼做。

但等我回過神，才發現我已經像這樣報出之前一直沒提到的名字了——

「君塚先生？……君塚先生！」

這時，有人拉扯我的袖口。我一看原來是齋川，她正以詫異的表情從低處仰望我。

「已經到家囉？」

「啊啊，抱歉。我剛剛在想事情。」

看來當我回憶跟史卡雷特在屋頂上的最後幾句交談時，已經不知不覺抵達《希耶絲塔》的藏身處了。

「真是的，天底下大概只有君塚先生會這樣，跟我說話的時候還能心不在焉。」

齋川對我翻起白眼，接著又用力撇開頭。

看來齋川在路上也對我說了許多事。

「對不起。」

我輕拍了幾下還在沮喪的齋川腦袋。
「夠了，我再也不跟君塚先生講話了。」
「那真叫人悲傷啊……」
女兒進入叛逆期的父親心情應該就是這樣吧。
「抱歉。」
我放下被她揮開的手，對在前頭大跨步走著的齋川再度謝罪。
「就說了……」
「剛才我幫不上任何忙，真對不起。」
「咦？」
我這番話令齋川回過頭。
沒錯，這句話，我本來應該更早對她說出口才對。
「剛才我沒理妳是我不好，只能在旁守候妳的抉擇也是我不好，無法助妳一臂之力更是我不好。齋川，我就只能等待妳獨自闖過這一切——」
當我正想要說下一句話的時候，自己的腰瞬間被摟住了。
「抱歉。」
我只好再說一次謝罪的話，並緊抱住撲向我胸膛的齋川。
「……時隔三年。」

齋川那隱約像是在撒嬌的聲音，從我的胸膛下方傳來。

「時隔三年，終於又有人緊抱住我。」

三年。這個數字對齋川而言具備何種意義，事到如今也不必去確認了。

然而，我不可能替代齋川的雙親。而且不只是我，任何人都無法去替代另一個人。

──不過，就算這樣，我心想。

就算這樣，至少我們還是能跟其他人並肩前進。不論是牽手或摸頭，還是像這樣緊緊相擁，都是可以辦到的。因此──

「如果需要我的胸膛，不論何時都可以借給妳。」

一年前，關於自己所造成的損失，就用這種方式償還吧，我心想。

「是說，君塚先生也一樣。」

這時，齋川忽然抬頭仰望我說道。

「君塚先生也可以多撒嬌，或者更任性一點也沒關係。」

這絕對不是在說玩笑話，只要看她的表情就能立刻理解了。

「自己想要怎麼做，自行決定就可以了。」

這是齋川過去曾說過的臺詞。

正如這句話所示，她也自行決定了要走的道路。而她亡故的雙親，一定也會誇獎身邊被同伴圍繞，並繼續當偶像的她吧。而且這正是齋川自己想做的事。

——那麼，我呢？

繼承如今已逝去的名偵探遺志，真的是我想做的事嗎？

當下，我心中究竟在期盼著什麼。

◆此時此刻，全都要反轉

「我回來囉～！」

走完通往地下的階梯，齋川推開鐵門。

雖然遭遇了許多事，最後終究返回《希耶絲塔》的隱居之處了。

「抱歉這麼晚才回來～」

齋川跑去找理應在看家的夏凪跟夏露招呼一聲。由於被捲入了超乎預期的麻煩，結果就是掛在客廳牆上的時鐘，現在已經指著午夜十二點以後了。

「淋浴完就去睡覺吧。」

……儘管我這麼打算，但在那之前，或許應該把今晚我們發生的事告知夏凪她們一下。尤其是關於《SPES》的現狀與席德的目的，都得早點讓她們——

「渚小姐！」

突然，我聽見了齋川的尖叫聲。

而她正彎身蹲在設置於客廳的餐桌旁。

「怎麼了！……！」

在那裡，我看見失去意識的夏凪正倒在地板上。

「渚小姐！渚小姐……！」

齋川呼喊夏凪的名字，並試圖用力搖晃她的身體。

我立刻制止她，這時首先要檢查夏凪的呼吸。把手放在她嘴邊……幸好，還有氣。接著，當我還在確認的時候——

「……君塚？小唯？」

夏凪微微睜開眼，辨識出視野裡的人是我跟齋川。

「妳還好吧⁉」

「渚小姐……」

然而對蹲下身子的我們，夏凪卻——

「快、逃……」

她以嘶啞的聲音這麼說。

緊接著下一秒，我就感覺背後有淒厲的殺氣逼近。

「……唔！」

我邊拔出腰際的槍邊轉過身，將槍口瞄準幾公尺以外的那傢伙。而那號人物，也同樣舉起一把**細長的劍**對著我。

「為什麼……？」

這麼喃喃說著的人是齋川。

她目睹我槍口所對準的那張臉，聲音都忍不住發抖了。

……是啊，我可以理解齋川的心情。畢竟連我也懷疑，雙方像現在這樣彼此以武器對峙，會不會只是一場虛假的夢。

不過，與此同時，我也很清楚，**那傢伙**絕對不是會開這種玩笑的人。

因此我決定，至少還是用跟平常一樣輕鬆的口吻，對那傢伙說道。

「喂喂，這跟妳平常的氣質完全不同啊——夏洛特·有坂·安德森。」

一頭金髮流瀉而下，一對祖母綠色的眼眸。這副模樣我是不可能認錯的。僅僅一天前我們還感情融洽，生活在同一個屋簷下。但這位少女，如今卻以冷冽的目光蔑視我們，簡直就像把我們當作該捕殺的獵物。

「快逃啊。」

我把夏凪跟齋川擋在背後，這麼催促道。

不過已經負傷的夏凪自然不必說，齋川也因為太過震驚而動彈不得。

「沒用的。」

夏露這時果然又露出極為冷酷的表情。

「即便是要追到大地的盡頭，我也要——**殺死齋川唯**。」

目標不是夏凪，也不是我，而是今晚才跨越一道巨大障礙的齋川。夏露宣言，齋川才是她要殲滅的對象。

「為什麼？」

與其說是震驚，不如說齋川是打心底感到困惑地詢問夏露。

「昨天明明還在一起，聊了那麼多事……」

「這是命令。」

夏露簡短地答道。

「就在剛才，有人對我下達這個命令，所以我必須這麼做。沒有其他理由。」

殺死齋川的命令？究竟是誰發出的？

《SPES》嗎？不，不可能。

剛才蝙蝠也說過，《SPES》……席德已經把齋川視為可供利用的容器，因此現在更不可能殺害她才對。

「時間到了。」

夏露沒有多加解釋，繼續舉著手裡的軍刀。

「如果想礙事我會在此連你也殺掉。不可能讓你拖時間。」

下一瞬間，夏露消失了。

不，是因為她的速度快到像消失一樣，一眨眼就拉近雙方的距離。

夏露是認真的。

不過，她也不必那麼拚命，從以前我就無法與她的戰力匹敵。

一旦進入一對一的局面，我將——

「果然那個時候，吸你的血是正確決定啊。」

突然傳來這個目中無人的說話方式，而且是我前不久才聽過的。

一名男子介入了我跟夏露之間——那位金色眼珠閃爍光芒、渾身飄散鮮血的吸血鬼正君臨此處。

「……！史卡雷特，你！」

不過那些鮮血是那傢伙自己的——伴隨鮮血噴濺，**史卡雷特的右手飛到半空**。

是夏露用武器斬斷了他的手臂。

「喔呵，竟然能切下我的手。」

但史卡雷特依舊面不改色，跟因突然有人闖入而吃驚的夏露剛好成對比。

「我要誇獎妳。幹得真不錯……**以一介人類來說**。」

史卡雷特用嘴銜住自己飛在半空中的右臂，對驚訝的夏露使出上段踢。

「……！」

不過那可不是普通的踢腿，是怪物發出的一擊。伴隨鈍重的聲響，夏露被踢飛到後方去了。

「唔，你是，誰……」

夏露露出苦悶的表情倒在地上，從遠處仰望史卡雷特。

「看來我的存在是一種犯規啊。」

史卡雷特把銜在嘴裡的右臂按在還在出血的右肩上。隨後連縫合都省了，右臂一下子就跟肩膀重新結合。

「史卡雷特，為什麼你會出現在這？」

雖說本來就有強烈預感以後會再碰頭，但沒想到才過了短短數十分鐘而已。

「沒事，只是忘了給你個東西。」

史卡雷特走近我，將某個玩意塞入我外套胸前的口袋。

「這是那個哺乳類本來預定要給我的對價。不過既然契約已經撕毀了，我就得還回去，結果那傢伙卻說要給你這小子。」

「蝙蝠嗎？」

觸感小而堅硬，到底是什麼玩意。

「能讓我在太陽底下活動的石頭——聽說是這樣，不過不知真假。對吸血鬼而言，還算是挺有吸引力的東西啊。」

吸血鬼是只能生活在黑夜中的生物。蝙蝠拜託史卡雷特復活死者，所以才準備了這個有用的玩意當對價吧。

「總之就是這樣，人類，我的事辦完了。」

接著史卡雷特說了句「浪費了不少時間啊」，便準備拋下這混亂的場面離去。

這時我立刻對那傢伙表示。

「喂，吸血鬼，你能不能帶那兩人逃走啊？」

我把夏凪跟齋川的人身安全託付給他。

「這是正式的契約嗎？既然如此——」

「對價是，我的血。」

我打斷史卡雷特搶先說道。

反正我的血在剛遭遇時就已經被他吸過了。不管怎麼說，我也算他的**救命恩人**，他應該會答應我的請託吧。

「……原來如此啊。不過。」

史卡雷特瞇起眼。

「你的契約內容，不是應該要請我打倒那個金髮女孩嗎？」

他盯著正搖搖晃晃站起身的夏露對我問。

「啊啊，不必了。反正我的**血很難喝**，沒辦法拜託你做到那種程度。」

「哈哈，你這個男人真有趣。」

況且，那傢伙必須讓我揍一拳才行。

「所以這裡就交給我。」

我注視那位不論過了多久，感情依然不好，而且跟我有著孽緣的少女說。

史卡雷特一個翻身。

「好吧，就聽你的願望。」

他背對我，接受了我的委託。

「下次記得帶新的對價來找我——君塚君彥。」

史卡雷特展開黑翼，直接將夏凪跟齋川夾在兩側，從房間飛走了。

「君、塚……」

「君塚先生……唔，我們一定會再見的！」

夏凪跟齋川都用快哭出來的表情凝望我。

哎呀，對我擺出那種表情，感覺就好像妳們愛上了我一樣，拜託饒了我吧。

「那麼，接下來。」

三人的身影迅速消失，房間只剩下我跟夏露兩人。

剛才耍帥也耍夠了，事到如今更不可能逃之夭夭。

「做好覺悟了嗎？」

我看著重新拾起劍的夏露。

「……那是我的臺詞吧。」

「是這樣嗎？嗯，隨便啦。」

那麼，動手吧。

在這空白的一年所累積的大量恩怨，如今就在此宣洩吧。

【5 years ago Charlotte】

「……嗚、嗚嗚。」

在某間陳舊的廢棄倉庫內。

我背倚著牆，身子縮成一團哭泣。

「我要被殺了。」

任務失敗，這對一名特務來說代表何等意義。無法殺死目標的我，性命就猶如風中殘燭。

「為什麼，為什麼會變成這樣……」

這些倒楣事，全都要——

「好啦，妳也哭夠了吧。」

怪罪於一旁對我悠哉遞出手帕的這名白髮少女（目標）頭上。

「唔，要不是妳！」

沒錯，她就是我本來該暗殺的目標。

代號——希耶絲塔。

這是我加入組織後的第一次實戰，的確是緊張到心臟都快迸裂的程度。

不過我最後還是追到了這間廢棄倉庫，而且射出的子彈也命中了目標的左胸……原本是那樣的。然而她卻不知為何毫髮無傷，等回過神才發現自己反而被對方制伏了。隨後，她對我道出了**某個提議**，這就是至今為止的經過。

「要哭要生氣都可以，不過妳的臉真是狼狽不堪啊。用這個擤一下鼻子吧。」

……真是不理解他人的心境。我不耐煩地把她遞出的白色手帕一把搶走，使勁擤著鼻涕。

「竟然被敵人同情了，真是屈辱……」

「呼呼，好吧，只能說妳這次選錯了對手。」

敵人這麼說著，在我身邊露出優雅的微笑……這女孩真叫人火大啊。

「……唔，也罷。等下要殺要剮悉聽尊便吧。」

反正任務失敗的我也只會面臨被組織抹殺的命運。與其那樣，不如死在這裡還比較……

「……真討厭。」

我才十二歲而已，還有許多未完成的願望。例如想打扮漂亮，想吃美味的食物。雖說當初加入這個工作，就已經做好了萬一失敗的覺悟，但果然我現在還不想死啊。

「我剛才不就說過了嗎？」

但這位白髮少女，對抱膝而坐的我這麼表示。

「我會在這裡死去，這麼一來妳也不會被組織處死。」

她再度提起剛剛那個提議。

「……這麼做對妳有什麼好處啊？」

被敵人拯救只會讓我感到屈辱而已……不過只要接受她的提議，搞不好我的性命就能保住。我陷入了如此的自我矛盾當中。

「為什麼妳要加入這種工作？」

這時，那位少女問了一個我完全沒想到的問題。

「……受父母的影響。」

暫時還無法抉擇的我，只能先順著對方的問題回答。

「我的父母過去一直身兼軍人和間諜。雖然現在已經很少見到他們了……但我還是很尊敬我的雙親。他們的長相跟姓名都必須保密，也有些人會為了人道理由而唾棄他們，不過他們可是在**幕後**守護這個世界的英雄。因此我對雙親……還有這份工作，感到相當自豪。」

這是我的真心話，也是我活著的理由。

我會依照我思考出的哲學，守護這個世界。

「是嗎，那跟我一樣嘛。」

這時，本來是我目標的少女看著前方說道。

這麼說來，我對她根本一無所知。有很多間諜或刺客都會事先對目標的情報徹底調查，不，應該說幾乎都會這麼做吧。但這次，我並沒有。那是因為我害怕對目標產生移情作用，使扣下扳機的那一刻產生猶豫。

「我也是為了某個目的而從事這項工作，所以現在，還不能被妳殺死。」

「……是嗎？」

「不過，我猜妳也是那樣，不能現在就死在這個地方。」

「……所以妳才要幫我？」

這人也太好心了吧。

「沒錯。所以日後，我希望妳也能幫我。」

竟然對想要殺死自己的人，伸出援手。

「咦？」

「這是交換條件。我這次救了妳的命，相對地，以後在我工作上有需要的時候，也希望妳偶爾能來幫我。」

她臉上浮現「怎麼樣？」的微笑，目不轉睛地凝視我的臉。

「……太詐了。」

我的直覺告訴我，她根本就用不著我的任何幫助。只不過是為了讓我能安心接受她的好意，才故意提出這個交換條件罷了。

結果，我真的是徹底敗給了對方。

「……」

一想到此，本來憋住的眼淚又再度湧現。

「真是的，拿妳沒辦法。」

這時候她好像是看不下去了。

「為了避免妳再度發生這樣的失敗，我給妳一個建議。」

少女將手伸進自己的衣服中摸索，最後取出某樣東西。

「好漂亮……」

那是一條鑲嵌了青色寶石的項鍊。

在灑入倉庫的光線照射下，可以清楚看見寶石完美無瑕的光芒。

「這顆石頭，就算被炮彈擊中也不會碎裂。老實說，我是把這個塞進左胸……的內衣裡面。」

我認識一個擅長做這種玩意的人——她又隨口補了一句。

「我以前就聽說妳的槍法很準，所以我猜妳一定會分毫不差地命中我的左胸。」

「所以，妳一開始就預測到了……」

我的感想已經超越了驚訝，只能愕然地如此喃喃說著。此時她又說。

「所謂一流的偵探，是在事件發生前就預先解決了。」

說完，她對我露出所有看到的人都會變成她俘虜的美麗微笑。

「……我完全不是妳的對手。」

一定是在那一瞬間，我開始尊這個人為師父的吧。我心想，為了這個人我願意做任何事——因此。

「首先妳希望我做什麼呢？——大小姐。」

從那一天起。

她的願望，就等於是我的願望。

【第三章】

◆昨日之友乃今日之敵

我跟夏洛特・有坂・安德森的惡劣關係，不是從今天才開始的。

我們認識已超過三年。當我擔任希耶絲塔的助手半年左右，才終於習慣那種非日常的生活……不，應該說是被迫習慣的，差不多就在那時候。

『明天，我想讓你見一個人。』

聽希耶絲塔這麼說，我內心產生了「難不成是希耶絲塔的男朋友」這種疑神疑鬼的念頭，當晚抱著不安鑽入被窩……不，那不是不安，只是覺得有點不爽罷了。

然後到了翌日，希耶絲塔為我引見的人，是一個名叫夏洛特・有坂・安德森、和我同年紀的少女。我倆相見的第一句對話，我到現在還記憶猶新。

『這個有嚴重黑眼圈的女人，是誰啊？』

『這個有嚴重黑眼圈的男人，是誰呀？』

與其說這是對話，不如更像是對罵吧。而且不知為何雙方都睡眠不足。那天希耶絲塔的某項工作，只靠我一個人幫忙有點人手不足，所以才把夏洛特找來……結果她對我的厭惡超乎了尋常的程度。

由於某個契機開始拜希耶絲塔為師的夏洛特，始終認為自己是她的頭號徒弟。但這時我卻以助手的身分出現，這想必讓夏洛特受到了很大的打擊。

『夏洛特！妳沒發現妳剛才一直踩我的腳嗎！』

『哎呀，抱歉，我以為那是你的臉呢。』

『別再踩啦！』

就像這樣我們不斷吵架，或者是為了搶功勞而不願與對方合作，甚至因此讓目標輕易逃走。

那之後我們又因希耶絲塔的需要而多次碰面，但果然每次見面都吵個不停。最後這段孽緣在希耶絲塔死後暫時中斷了……只是，現在又接上了。不，或許該說打從一開始就沒斷過吧。

畢竟——

「君塚，你以後絕對不可能結婚的，你沒指望了。」

就算認識已經三年的今天，夏洛特還是會像這樣吐槽我。

「唉，真不講理啊。」

在拜託史卡雷特帶夏凪跟齋川逃走的數十分鐘後，我不知為何被夏露這麼臭罵一頓。而當激烈的爭吵結束後，我們如今正以大字型並排躺在半毀的客廳裡。

「畢竟我可是個弱女子啊。這個時代還有人會對女生動粗嗎？」

原來如此，看來她是對我最後發狠使出的那記頭槌感到火大。不過，如果要吵這個——

「我的傷勢可比妳嚴重得多。」

癱軟在夏露旁邊的我，忍受嘴破的疼痛這麼反駁道。

雖說對方已先因史卡雷特的一擊而負傷，但我跟夏露認真打起來還是沒有勝算。能像現在這樣活著已經算奇蹟了。

「唉，感覺渾身無力。幫忙拉我起來。」

結果先前的殺氣就好像騙人一樣，夏露發出懶洋洋的聲音，對著天花板有氣無力地伸出雙臂。

「妳以為妳是希耶絲塔喔。」

「……我並不想知道你跟大小姐曾這麼做的情報。」

「……那是無奈之舉啦，被逼的。」

如果我不拉她一下，那個喜歡午睡的偵探可是會一直待在被窩裡不出來。

「唉，算了。」

夏露這麼說並自己爬起身。

「來吧。」

她對已經傷痕累累的我伸出手。

「手上塗了毒嗎？」

「你是有多不信任我呀。」

夏露本想一笑置之。

「……嗯，好吧。」

但又像是在自嘲一樣，默默把手收了回去。

我努力鞭策自己拖著疼痛的身體爬起來，並正面對著夏露。

「所以夏露，其實妳並不打算殺了我……對嗎？」

對此夏露並沒有回答。

然而夏露在先前的混亂中曾說過——殺死齋川唯才是她的目的。我跟夏凪只是不巧在場罷了。

況且，在之後的打鬥中我也不覺得夏露使出了全力。反過來說，這也證明了我跟她之間還存有對話的餘地。

「就算是你，如果繼續妨礙下去我也不會客氣喔。」

夏露這時別開視線回答我的質問。

「夏洛特，為什麼妳要取齋川的性命？我們不是同伴嗎？」

齋川跟夏露首度產生關聯是在大約十天前的郵輪之旅時。

雖說兩人相識的時間並不長，但這幾天我們同住一個屋簷下。我認為夏露應該不可能憎恨齋川才對。所以，這是為什麼？

「同伴？你說誰啊？」

但夏露卻只是乾笑一聲，斷然反駁我的疑問。

「那種東西，我從來沒擁有過。」

夏露這麼說的時候，臉上一點也感覺不出絲毫困惑或虛張聲勢。

她是真的這麼認為，而且以這種想法活到現在。

「我在組織裡，只會依照被吩咐的使命行動。那是我的工作，也是我唯一的生存方式。什麼同伴這種模糊不清的概念，是沒有存在的餘地的。」

夏洛特·有坂·安德森——從小就接受軍事化的菁英教育，是個遊走於各個不同組織的孤獨特務。組織的命令對她而言就是一切，違抗命令這種事，是根本不存在於她心中的。

「那麼妳所謂組織的命令，就是要暗殺齋川囉。」

聽了我的問題，夏露以無言表示肯定。

暗殺齋川。聽到這句話，腦海首先會浮現的就是《SPES》的存在。上回的藍寶石事件就是例子，所以我會反射性地想到那邊去。不過——

「夏露，難道妳跟《SPES》扯上關係？應該不至於吧？」

先前蝙蝠說過，《SPES》……不，應該說席德的目的，就是把齋川的肉體當容器使用，所以不可能奪走她的性命。

但如今，某個組織卻對夏露發出暗殺齋川的命令。不管怎麼想，這兩者都會產生矛盾。

「……嗯，沒錯。我並沒有背叛你們站到《SPES》那邊。」

不如說剛好相反——夏露表示。

「不管是我，或是向我下達此命令的人，都跟你們一樣，是以殲滅《SPES》為目的。」

「既然如此——」

「唯一不同點在於，為了達成此目的的覺悟。」

夏露這麼說的同時，眼神變得極為冰冷，無法容許任何妥協或天真。

「你也應該能理解吧？席德目前陷入非得要把身體替換為其他容器的窘境。既然這樣，倘若破壞那個容器席德會如何？」

「……！當寄居的對象都消失了，席德會……」

——死亡。

不必以席德本人為對手，只要將容器摧毀就夠了。
一旦齋川唯死去，席德遲早也會喪命。
「……所以為了打倒席德，必須犧牲齋川？」
「我剛才不是說過。我們跟你的覺悟程度不同。」
「我們是誰？」
我忍不住站起身問。
「至少告訴我這點吧。拜託，夏露。既然妳是絕對服從上級命令的特務，那就讓我知道，想出這種胡鬧作戰計畫的上司到底是誰？」

「是我。」
彷彿要一發擊沉我的激昂般，一個缺乏高低起伏的冷漠聲音響徹房內。
我回頭看向聲音傳來的入口處，佇立在那裡的是——
「是我對她下達抹殺齋川唯這個命令的。」
一名永遠那麼適合叼香菸的紅髮女刑警。

◆打從一開始，敵人就在那裡

「風靡小姐？」

意料外的人物登場，使我的思緒頓時僵住了。

這時她用腳踏熄菸頭，隨即大跨步朝這邊走來。

我正想質疑她，到底想幹什麼時——

「夏洛特，妳竟敢偷懶。」

話還沒說出口，風靡小姐就把夏露打飛出去。

夏露狠狠摔在地上，發出慘痛的呻吟原地縮起身子。

「……唔！妳搞什麼鬼！」

但風靡小姐完全無視我，繼續走向倒在地上的夏露，揪住她的金髮強行拉起來。

「喂，夏洛特。我再問妳一遍，妳還在鬼混什麼？」

「非常，抱，歉……」

「嘎？我是問妳在這裡偷什麼懶耶。我不是對妳說過嗎——要在這個地方把齋川收拾掉。」

風靡小姐說完，繼續發狠拉扯夏露的頭髮。

「……唔！妳到底在做什麼啊！」

看不下去的我介入那二人之間。

「君塚，這傢伙是你該庇護的對象嗎？」

……是啊，剛才夏露的確想要奪走同伴的性命。不過——

「風靡小姐，妳也沒資格對她動粗。」

「……哼，你挺敢說話的嘛。」

風靡小姐雖然不像被我說服的樣子，但仍然跟我和夏露拉開了距離。

「妳沒事吧。」

我對正摀著自己腫脹臉頰的夏露關切道。她的嘴好像被打破了，脣邊有血流出來。

「……我可沒那個理由被你擔心。」

「還能嗆我應該是沒事了吧。」

這麼一來，我所要面對的人物就只剩一個。

「加瀨風靡——妳究竟是何方神聖？」

能命令夏露，甚至暗中下達殺害齋川的指令，這號人物的真面目究竟是？

對我這理所當然的質問，她答道。

「《暗殺者》。」

她毫無隱瞞的意思如此一言以蔽之。

「……所以妳也是《調律者》中的一員囉。」

「是啊，原來你也聽過這個詞啊。」

「直到剛才為止，我都相信妳只是一位溫柔的女刑警。」

「哈，一介女刑警能在這個年紀升到警部補的位置嗎？」

風靡再度點了根菸，吐出好大一團煙霧。

「警官只是我的偽裝。我在《調律者》中的職位是《暗殺者》——隱藏身分、欺騙世間、殺死敵人，這就是我的工作。」

「……妳所謂的敵人，這回變成齋川了嗎？」

「錯了。」

風靡瞇起眼否定我的說法。

「我的目標當然還是《SPES》。」

……正如夏露所說的那樣。

「所以，妳為了打倒席德，才要以殺害齋川為手段？」

只要殺死能成為席德復活容器的齋川，就能間接置席德於死地，這是風靡的想法。

「你說對了。既然席德都已經刻意去接觸史卡雷特，甚至那個史卡雷特自己也主動和蝙蝠從事可疑的行動，已經稱得上時間所剩無幾了吧。因此我才讓這個女的潛伏在這裡……只是真沒想到她這麼沒用。」

風靡用冷酷的表情俯瞰夏露。

「…………」

夏露依然撇開臉，彷彿對自己的失手很懊悔般咬著下脣。

「要不是我被那個**機器人**糾纏住，我早就下達暗殺的命令了……真是，計畫都被打亂。」

是嗎，原來《希耶絲塔》昨天是去風靡那邊了。《希耶絲塔》早已察覺該對付的人不是蝙蝠，而是風靡才對。於是她花了一整天以上的時間跟風靡戰鬥，把風靡拖延到現在。

「那麼，夏洛特，那些人現在上哪去了？」

這妳總知道吧——風靡用充滿威嚴的聲音對夏露問道。

「……好像是去機場了。」

這時夏露撐起搖搖晃晃的身體，抓住桌子勉強站立。

是在齋川身上裝了追蹤器嗎……畢竟是住在同一個屋簷下，下手的機會很多。

「原來如此，既然是千金大小姐，大概是打算使用私人噴射機吧？無妨，我立刻下令關閉機場，走吧。」

風靡一個轉身，打算帶夏露離開這。

「妳以為我會讓妳走掉嗎？」

假使真是那樣，那就太出乎我的意料了。

不待對方回答，我就用槍瞄準她的背。

然而——

「妨害公務。」

才剛聽到這句話，下一秒鐘我就被扔到了地板上，連氣都喘不過來。

一瞬間我還以為自己吃了子彈，不過並沒有開槍聲，也沒有流血。

只是身體無法動彈，視野也越來越狹窄。

隨後，那兩人無視這樣的我逕自走出去了。

「……我第一條罪名應該是違反槍砲彈藥刀械管制條例才對。」

只留下這句毫無意義的吐槽後，我的意識就漸行漸遠了。

之後，不知道自己昏迷了多久。

忽然，有一股懷念的氣味飄來。

我就像是被氣味引導般緩緩睜開眼。
有某人佇立在眼前，我朝對方伸出手。
「……希耶絲塔？」
接著我不由自主地，喊出了那習慣的四個字。
然而那人卻「唉」地重重嘆了口氣，接著做出一點也不像機器人的翻白眼，對倒地不起的我這麼說道。
「——你是笨蛋嗎，君彥。」

◆如果妳能當我的助手的話

「這樣子難看死了。」
《希耶絲塔》把我拉起來，無奈地這麼說道。
「而且還把我家弄成這樣，之後我一定會要求賠償修理費。」
「……哎，太不講理了。」
敵人一個接著一個來襲，堅守下去的我應該被褒獎才對吧。
「話說回來，妳也是，模樣很狼狽。」
想必是之前跟風靡交手的結果吧。衣服出現多處破損，底下露出的肌膚也有不少傷痕。

「我並沒有輸，只是暫時的戰略性撤退。」

「跟希耶絲塔本尊一樣自尊心很高啊。」

「至於女僕裝破損，也只是在無奈下配合君彥的喜好而已。」

「另外把我形容成變態這點就不必繼承了。」

哎，這個機器人還是跟一開始一樣，除了外表，就連性格跟對待我的方式都跟本尊一模一樣。好不容易夏凪跟齋川都清算了自己的過去，而我也從許多往事中畢業了……真是的，拜託饒了我吧。

「喂，我現在該怎麼辦才好？」

……因此我會像這樣直接開口求助也是無可奈何的。那不是我不好，是這個社會的錯，是希耶絲塔的錯。

「我想你也已經知道了，現在的情況相當棘手。」

夏露出乎意料的背叛。這樣下去齋川毫無疑問會被殺死，或者試圖抵抗的夏凪也可能會遭毒手。我本來就不可能打贏使出全力的夏露，更何況一旁還有身為《調律者》的風靡。

然而如果我選擇保護齋川，就等於是間接協助席德復活。這幾乎可算是出賣全世界的行為。

「真丟臉耶。」

但這時《希耶絲塔》好像看不下去我的苦惱，再度嘆息道。

「以君彥的體質，本來就是全世界的敵人了。」

「我業障太深了……上輩子究竟是犯了多大的過錯啊。」

是說我也不是自己喜歡跟這個世界為敵的啊。

——更何況。

「就算那樣好了，我還有希耶絲塔在。」

即使與全世界為敵，只有她會站在我這邊。

你是笨蛋嗎——她即便感到無奈，還是會和我攜手戰鬥。

只要有希耶絲塔在，我就不是孤單的。

「只要有希耶絲塔在，我一切都不在乎。」

回憶起過往的事，我不禁喃喃說道。

「……君彥，那是你不自覺做的嗎？」

這時，我發現《希耶絲塔》不知為何正以白眼瞪著我。

「嗯？妳是指什麼？」

我這麼反問，但《希耶絲塔》卻——

「……你那種喪氣的表情什麼的，會產生一種反差，似乎激發了我的母性本能。」

她以我幾乎聽不見的音量喃喃說了些什麼。

好吧，反正這種時候大致都是在說我壞話，假裝沒聽見才是明智之舉……不過這種明智之舉還真討厭啊。

「那麼，你打算怎麼做，君彥？」

這時《希耶絲塔》重新轉向我，再度問起這件事。

「身邊人的背叛，同伴陷入危機，許多強大無比的敵人。而且最後，搞不好還要與全世界為敵——身處這樣的狀況下，君彥會怎麼做？」

《希耶絲塔》用那對青色的眼眸直直盯著我。

怎麼看都不覺得她是人工的產物，她的眼神就跟那一天一樣，將選擇權委交給我。

放棄同伴，拯救世界；

還是拯救同伴，與全世界為敵。

不管怎麼看，這個抉擇對我來說負擔都太重了。

人生至今為止的十八年間，我不斷被捲入各種事件努力活著。

為什麼現在又會突然被迫掌握全世界的命運。

『你並不是被捲入，而是你自己要插手的。』

……真是的，這麼一來不就正如海拉曾說的那樣。

不過，既然如此。

我如今該採取的行動就只有一個。

該說的臺詞也只有一句。

如果日後我真的是將全世界捲入危機的核心人物之一，那首先就應該把另一個人先捲進來。

就算不是正牌的也沒關係。

就算只有現在也好——我下定決心。

「希耶絲塔——妳當我的助手吧。」

我不清楚自己現在臉上是何種表情。

只知道，我正努力擠出僵硬的笑容，對她伸出左手。

「遵命，那麼請往這邊走。」

《希耶絲塔》表示承諾之意，不過卻沒有握住我的手，只是快步朝家中的某處走去。

「……喂，《希耶絲塔》，妳不覺得我剛才那句臺詞很帥嗎？」

被無視會害我覺得很丟臉啊，喂。

「到此我們已經浪費太多時間，不趕快行動會追不上那兩人。」

「我剛才講的話太有道理妳才無法反駁嗎？」

「另外，當君彥想耍帥就會讓我產生一股無名火。」

「我才不是故意耍帥哩，不要挑這個時機說那種最惡毒的壞話好嗎？」

我一邊抱怨，一邊跟隨《希耶絲塔》通過走廊——結果，最後抵達了。

「牆壁……？」

乍看下這裡好像沒路了。

「芝麻開門。」

《希耶絲塔》詠唱出這句完全過時的老套咒語，牆壁立刻發出聲音朝旁邊滑開，露出一道朝下的階梯。

「走吧。」

接著《希耶絲塔》便引領我走下階梯。

「就沒有更像樣的咒語嗎？」

「跟咒語本身沒有關係，這項機關會自動辨識我的聲紋。」

原來如此，真不愧是《希耶絲塔》的藏身地點。

「因此即便我喊『君彥的初戀對象是希耶絲塔』，門也會打開的。」

「又不是忘記密碼的安全提示問題，別造謠好嗎？」

「我們到了。」

走完階梯後，眼前是一大片類似收納庫的空間。那當中有一臺顏色我有印象的大型摩托車。

「這是**天狼星** verβ。」

《希耶絲塔》立刻跨上白色車體並這麼表示。

「也就是人型戰鬥兵器《天狼星》的車輛模式。」

「就是在倫敦時搭乘過的那個嗎……」

這麼說來當初希耶絲塔有說，這是跟英國政府協商後借來的……現在回想起來，因為她是《調律者》才能跟軍方正式交涉吧。

「不過現在騎這個還追得上嗎？」

「可以走地下道抄捷徑。」

這地下道究竟有多長啊……總不會一路通往倫敦那邊的地底吧。

我正想問清楚，並將視線從機車移到《希耶絲塔》那邊。

「……妳什麼時候換衣服的？」

先前那套破破爛爛的女僕裝，已經換成了名偵探曾穿過、那襲模仿軍裝設計的連身裙。

「快速換裝是偵探的必備技能。」

「真要說起來，是偶像的必備技能吧。」

而且不要理所當然地當著男生的面換衣服……真是的。

「那麼，差不多要出發了。請抓穩。」

「好啦好啦。」

我在《希耶絲塔》的催促下跨上摩托車，自後座抱住她的腰。

銀白色的秀髮加上灰色連身裙。

這就是那三年間，我始終凝視的背影。

「請不要在抱著別人的腰時沉浸於感傷中。」

「唉，妳的身體好溫暖啊。」

「這是有史以來最噁心的話。是說君彥，你這傢伙性騷擾起來一點也不會猶豫耶。」

「不如說我平常都是被性騷擾的那方吧，偶爾讓我這樣有什麼關係。」

「什麼叫偶爾沒有關係……真是的。」

說到這，《希耶絲塔》**噗嗤笑了起來**。

「……喂《希耶絲塔》，難不成妳——」

「那麼，現在就出發去**教訓一下我的徒弟**吧。」

結果那樣的表情也只出現了一瞬間，《希耶絲塔》又恢復一臉嚴肅。

「——天狼星號，出發。」

她這麼喊道，並轉動油門。

「剛才那句臺詞，感覺有點土耶。」

「等下就把你甩下車。」

◆偵探始終，都在那裡

十幾分鐘過後。

「根據我的計算，預計約六分二十秒後追上目標。」

衝出地下道，《希耶絲塔》騎乘機車奔馳在沿海的道路上，並對背後的我說。

在車道上，除了我們以外不見其他行人或車輛。

「追逐的目標是《暗殺者》和特務吧……」

當然，騎上摩托車前就已經知道這點了，不過一想到等待我們的敵人有多麼強大，我就不由得全身緊繃。

尤其風靡還是《調律者》——也就是說，她應該跟那位希耶絲塔或史卡雷特具備同等的戰力。

「沒必要緊繃成那樣。」

這時《希耶絲塔》抓著龍頭說道。

「君彥只要待在夏洛特身邊一起戰鬥就夠了。」

「咦？不是要跟夏洛特戰鬥嗎？」

「嗯，這麼說也沒錯啦。」

《希耶絲塔》微妙地閃爍其詞。看來這個機器人跟過去那位名偵探一樣，總是不肯把關鍵處清楚傳達給我。

「話說回來，妳隨身攜帶的東西上哪去了？」

我抱著《希耶絲塔》的腰，發現她背上少了一個本來應該一直存在的玩意。

「啊啊，那個喔。之前送給一個認識的人了。」

「說得真輕鬆……妳把希耶絲塔的遺物當成什麼了。」

「因為有個孩子看起來很想要，我想也沒什麼關係。」

「會看起來很想要滑膛槍的傢伙，妳那個認識的人八成也很危險吧。」

雖然不知道是何方神聖，但至少我不希望認識這種人。

「不過連武器都沒帶，對付那兩人有勝算嗎？」

我朝抓著龍頭的《希耶絲塔》背後這麼問。

「嗯，的確沒什麼把握。」

「還真的沒有喔。」

她的態度一直很強硬，我還以為已經安排好作戰計畫了……

「只是。」

「只是？」

「君彥你，應該已經思考過了吧？」

《希耶絲塔》朝著前方這麼說。

「嗯，差不多。」

但那個想法充當作戰計畫未免太過拙劣，策略內容簡直就像在惡作劇一樣。因此——

「看來，你並不打算告訴我吧。」

我並沒有把計畫的內容告訴《希耶絲塔》。

此外，我總覺得。

如果我現在告訴她，她有很大的機率會阻止我。

之後又過了一會。

「君彥，那邊。」

眼底下是能看到海的崖邊道路。在前方的車道，一臺正在疾駛的機車映入視野。《希耶絲塔》轉動油門試圖接近，結果眼熟的紅髮與金髮吸引了我的目光。

「君塚……」

坐在後座的夏露，這時發現我們從斜後方接近。

「……為什麼你們要追上來啊？」

金色秀髮在夜風中流動，她微微瞇起眼。

「老實說是還想再見到妳。」

「你明明過了一年都還沒取得駕照，別說這種詐欺的臺詞好嗎？」

「《希耶絲塔》，妳可以撞一下前面那輛機車嗎？」

「我也懷疑過為什麼不是由身為男性的君彥駕駛。」

「反對性別歧視。」

現在明明不是這麼做的時候，大家卻還是像以前一樣開著玩笑，這時兩臺機車逐漸並排了。

「怎麼，那臺**機器人**還沒有壞掉啊？」

這時風靡的腦袋也瞬間往後一仰，對我們嘲笑道。

「嗯，因為裝死是我最擅長的。」

《希耶絲塔》也以繼承自本尊的幽默回應。

「哈，既然如此來場飛車追逐如何。」

風靡大幅轉動油門，使引擎發出爆炸般的巨響。《希耶絲塔》也不服輸地配合對方猛催速度。

……然而，當我們的車即將抵達矗立於崖邊的白色燈塔時。

「上。」

風靡下達指示，夏露便舉起槍轉向後方，對準我們開火。

「……唔。」

《希耶絲塔》傾斜車體，我也配合移動重心，勉強躲過攻擊。

「真有妳的。」

《希耶絲塔》用頗為好戰的口吻嘀咕道。

——這時。

「飛彈，發射。」

她按下機車握把附近的某個按鈕。

「……唔！夏洛特，跳車！」

「咦？」

下一瞬間，從我們乘坐的車體射出一枚小飛彈，擊中前方奔馳的那輛機車，引燃熊熊烈火。爆炸的威力也震得我們的車猛烈搖晃，最後失去平衡摔在車道上。

「這招太過頭了吧……！」

我鞭策疼痛的身體，撐著護欄勉強站起來。

「真不愧是天狼星 verβ，火力還不賴。」

「雖說妳被對方痛揍過一次，但這報復手段也太可怕了吧……」

車道另一端的火勢很猛烈，我發現風靡就倒在那附近。

難道決戰就以這種方式結束了嗎？

當我這麼想，並打算靠過去看的時候。

「君彥！」

一發槍響。

《希耶絲塔》把我撲倒，想必是為了保護我躲開子彈。在濃濃黑煙的另一頭，那位特務展開反攻。

「……！」

攻勢破風發動，夏露揮舞軍刀砍殺而來。

「由我對付，君彥請退下。」

《希耶絲塔》這麼說，並取出隱藏在連身裙底下某處、外觀像西洋劍一樣的單手細劍，代替滑膛槍應戰。

「夏洛特．有坂．安德森，我聽說妳的槍法過人，現在這種戰鬥方式沒問題嗎？」

「……以妳為對手，這樣反而更好。」

夏露的語氣就好像她很清楚用槍對付不了《希耶絲塔》一樣，隨即揮落手中的劍。

在海風吹拂的燈塔下，雙方對峙發出響亮的金屬撞擊聲，這場常人無法估量速度的戰鬥正在如火如荼上演。

「……不管是那個吸血鬼還是妳，犯規的傢伙也太多了吧。」

戰鬥中，夏露好像很不耐地如此咒罵一句。

「犯規？妳這樣的想法令人不敢恭維。」

「什麼，妳想對我說教嗎？還模仿大小姐的打扮……」

「不，我並沒有那個權利……只是，如果換成希耶絲塔大人——」

《希耶絲塔》朝著眼前那把比自己單手細劍更大更粗的武器。

「想必不會把事情不順利的原因，歸咎到外部因素吧。」

說出這番大道理加以反擊。

「……唔！」

《希耶絲塔》的劍術，迫使夏露不得不拉開距離。

夏露咬著嘴脣，簡直就像透過《希耶絲塔》聯想起某人一樣，努力擠出聲音說。

「……妳一直都是這樣。」

「我第一次知道大小姐這個人是在五年前。當時我還沒加入加瀨風靡的麾下，是受到其他組織的委託——要去暗殺她。」

這是連我也不知道的夏露和希耶絲塔往事。

雖然我曾聽說她認識希耶絲塔的時間比我還早，但詳細經過我從沒問過那兩人。

「我服從命令試圖殺害大小姐……但卻失手了。任務失敗，這對一個特務代表什麼意義妳知道嗎？」

夏露並不是真的要問其他人。

但如果讓我來回答……作戰失敗的特務，毫無疑問會被組織抹殺吧。更何況那還是一項暗殺行動。

「我已經體悟到自己的命運。很可能會被這個目標反殺，就算對方放我一馬，回去以後組織也不會原諒我的失敗。反正我短暫的人生就要到此為止了。」

但是——夏露垂下頭。

「當我無比沮喪時，她卻對我表示──就把她當作暫時死在這裡好了，沒問題的。彷彿要守護明明是敵人的我一樣，大小姐這麼說。」

……啊啊，這的確很像希耶絲塔會說的話。

那傢伙有時候會做出跟偵探工作無關的事，例如擅自去保護別人或是搭救。簡直就像除了自己以外的人類全都是她的委託人一樣。

「大小姐又說，『相對地妳以後也要偶爾來幫我的工作』，並將這條項鍊當作契約的證明送給我。」

夏露緊抓住隨時都掛在脖子上的那條項鍊。

希耶絲塔之所以要求夏露協助工作，想必也是為了保護她吧。只要變成《調律者》希耶絲塔的手下，那些上不了檯面的組織就不敢對夏露出手了。

「大小姐一直都是這樣細心保護我。一年前，她也彷彿已經預料到自己喪命後的情形一樣，事先把我調到新的《調律者》底下工作。」

「……那就是加瀨風靡嗎？」

夏露沒有否定我的喃喃自語。

即便是在死後，希耶絲塔依然是守護夏露的巨大保護傘。

「結果事到如今依然沒變。即便她換到了這個身體上，也絲毫沒有任何改變。」

夏露的聲音微微發出顫抖。

不過這絕對不是啜泣聲──

「妳還是一樣為了避免傷害我，戰鬥時不使出全力！」

當她重新抬起臉時，上頭已充滿怒意。

「為什麼嘛！」

夏露緊握軍刀再度疾馳而來，她衝著希耶絲塔道。

「為什麼不使出全力！為什麼不認真戰鬥！為什麼還要……再度保護我！」

對夏露速度快到離譜的劍術，《希耶絲塔》只是以冷靜的表情見招拆招。

不過，後者沒有必要做額外的反擊，頂多只是貫徹防禦罷了。

「一年前，我束手無策。因此我發誓……這回一定要代替大小姐打倒《SPES》。即便我在那個人手下遭遇多麼不講理的事，也必定要親手消滅大小姐的敵人……」

然而明明如此──夏露使勁踏著地面。

「為什麼我連只是一架機器的妳都打不贏！」

夏露的劍大幅度橫掃，不過──

「妳無謂的動作太多了。因為感情用事，連妳原本一半的力量都發揮不出來。」

《希耶絲塔》反仰上半身躲過劍尖，並以最低限度的動作揮舞單手細劍，將夏露的武器擊飛到後頭。

「……唔！既然如此！」

下一瞬間，夏露的視線轉向我。

「為求勝利，我會不擇手段。」

夏露拔出腰際的槍瞄準我。

「君彥！」

《希耶絲塔》見狀，壓低身體重心衝入我跟夏露之間，並再度以單手細劍彈飛子彈。然而——

「沒錯，妳果然無法動手殺我。」

夏露這麼說著，左手不知何時握起了第二把手槍。

「結束了。」

「…………」

夏露用槍口對準膝蓋跪在地上的《希耶絲塔》前額。

這是最糟糕的情況。就算是那個《希耶絲塔》也無法顛覆接下來的戰局。

——不過，既然如此。

「夏露，妳真的下得了手嗎？」

直到現在都沒派上用場的我，也覺得差不多是活躍的時機了。

「什麼意思？你以為事到如今我還會猶豫……」

「就算這是真正的希耶絲塔身體，妳也要開槍？」

◆因此她的遺志，絕不會消滅

「真正的，大小姐……？」

聽了我的話，夏露停下動作。

然而她的思緒似乎還在瘋狂運轉，搖曳不定的眼眸始終盯著《希耶絲塔》的臉龐。

「被抓包了嗎？」

結果，在這膠著的氣氛中，首先有動作的人是《希耶絲塔》。

「君彥，你是什麼時候發現的？」

《希耶絲塔》依然跪在地上，對背後的我問道。

不過她這種反問方式，已經等於自行承認我的假設了。

「什麼時候嗎，我也不知道。不過，我發現的契機真的很難解釋清楚。」

一旦被問及明確的理由，我便無法斬釘截鐵地斷定。

真要說明的話，就好比三年始終待在身邊那種熟悉的香味，驀然碰觸身體時所感受的體溫。或者說，霎時露出來的那種一億分的微笑就根本不是機械人偶能辦到的，諸如此類。也就是說，我**隱約感覺這傢伙絕對就是希耶絲塔**，內心有如此矛盾的直覺。

「正確答案。」

《希耶絲塔》平靜地宣布道。

果然這個《希耶絲塔》，就是曾跟我同甘共苦三年的那位名偵探。

不過當然，殘留在心臟中的意識部分，如今已沉睡在夏凪體內。意思也就是，只有外層的身體是屬於希耶絲塔本人的。

「希耶絲塔大人的肉體，在一年前與海拉的最終決戰之後，就被冷凍保存了。」

《希耶絲塔》娓娓道來，猶如在說明給我跟夏露聽。

「那是她本人生前的意志。根據事前的約定，她的肉體被**某號人物**冷凍保存處理，之後又以希耶絲塔大人龐大的知識和記憶為資料庫，對大腦跟脊髓安裝人工智慧，並透過植入人工心臟的方式讓《我》誕生。」

「……原來是這樣啊。」

對此我只能點點頭。

希耶絲塔死後，自己的肉體便被改造成機器人，看準時機與我們接觸。這為的是將一年前發生的那場悲劇記憶傳達給我們，並在殲滅《ＳＰＥＳ》上提供我們協助。

「……或許我也隱隱約約有那種感覺吧。」

這麼接話的人是夏露。

「我不像君塚那樣，跟大小姐一起生活那麼久，不過大小姐的氣味我還是記得的。」

這麼說來，在那個隱居處生活時，夏露竟然去聞枕頭的味道。那或許就是因為她感受到希耶絲塔殘存的跡象之故吧。

「——不過……」

夏露繼續說道。

「就算是，那又怎麼樣。即便妳的肉體就是大小姐的身體……我的使命仍舊沒變。我一樣要代替大小姐打倒《ＳＰＥＳ》。」

夏露的槍口，還是指著跪在地上的希耶絲塔前額。

只是，她那雙充滿怒氣的眼眸滑落了一抹淚痕。

「難道不是這樣嗎？渚一定無法殺死唯。既然這樣，**就只能由我來下手**。透過這種方式打倒席德，我就能將大小姐的遺志——」

彷彿受到她顫抖的聲音影響，槍口也微微搖晃起來。

是嗎？夏露，妳果然就是這樣的人。

一邊說自己不需要同伴，又一邊以希耶絲塔的事為最優先……而且在不知不覺被她感化，將保護自己以外的人也納入了選項。

為了繼承希耶絲塔的遺志，也為了不玷汙夏凪的手，對暗殺目標齋川該如何處置令夏露苦惱不已。使命與情感的矛盾令她的思路亂成一團，甚至因此求助於我這個向來的死對頭。

她總是這麼笨拙，從我們認識的那天起就沒有改變……那兩年半的期間，我們總是不厭其煩吵架的那段日子，她始終如一。

因此，我只能對這段業力無比深重，卻又怎麼切都切不斷的孽緣嘆了口氣，再度朝向夏露說道。

「這樣真的好嗎？」

「……唔，你懂什麼？明明一直沉浸在日常的溫吞安逸裡。」

「是啊。關於那部分，的確是我不對。」

喪失記憶不能成為藉口。希耶絲塔死後，我整整一年都沉浸在日常的溫吞安逸中，享受虛偽的和平。像這樣的我，真的沒資格對夏露說什麼。

不過……不過即便如此我還是要說。

關於希耶絲塔留下的最後一番話。

「希耶絲塔所殘留的遺產，是我、夏凪、齋川，和夏洛特四人。如果想繼承希耶絲塔的遺志——齋川就絕對不能死去。」

當然不只是齋川而已。

還有我、夏凪、夏露。任何一個人都是不可或缺的。

「……！可是，大小姐是《調律者》，她的使命就是打倒《ＳＰＥＳ》吧！」

是啊，沒錯。

希耶絲塔身為《名偵探》一直與世界的威脅戰鬥，這點並沒有錯。

但是——

「夏露，妳所敬愛的師父，在使命跟同伴之間會優先選擇守護哪個？」

「……」

夏露的表情扭曲得很難看。

「犧牲齋川打倒《ＳＰＥＳ》，這真的是希耶絲塔希望的結果嗎？」

「閉嘴……！」

下一瞬間，夏露自己扯斷了脖子上的項鍊。

那簡直就像為了從過去……從希耶絲塔身上移開視線的儀式一樣。接著她無情地將項鍊摔向地面……撞擊力道把項鍊上的吊飾砸開了，裡面的照片也掉了出來。

「……為什麼，還能笑得這麼開心啊。」

藏在吊飾裡的，是夏露與希耶絲塔兩人露出笑容的合照。

那樣的兩人，就好像沒有背負任何使命或險阻，只是放學途中順道拍了張上傳到社群網站的照片，氣氛和平寧靜。

「這種、這種玩意……」

但夏露看了後卻搖搖頭。

她一定是覺得，倘若肯定了照片裡笑著的希耶絲塔，那如今自己該完成的使命就會動搖了。自己一直堅信的希耶絲塔遺志也會遭受否定。

正因如此，夏露就像是和過去……以及和希耶絲塔訣別一般，狠狠踩在項鍊上。

「……！」

不對，是差點就踩下去了。

在踩到之前，一直跪在路上的希耶絲塔伸出右手，搶先一秒滑入夏露的腳和地面之間。

「……好痛。」

「啊，對不……起……」

對《希耶絲塔》如此冷靜的抗議方式，夏露也忍不住立刻道歉。

接著《希耶絲塔》拾起項鍊，手繞到夏露的脖子後方，將那條斷掉的項鍊重新接上。

「為什、麼……」

夏露愕然地瞪大雙眼。

《希耶絲塔》重新面對這樣的她，嘆息了一句「真是的」，接著又說。

「妳這傢伙，是笨蛋嗎？」

這番話，本來是只允許過去那位名偵探才能說出口的。

當然，她並不存在於這位《希耶絲塔》當中。

她的意識已伴隨心臟，沉眠於夏凪體內了。

但即便如此。

她的身體、大腦、嘴巴，一定還記得這句臺詞。

在那三年間，我們每天溝通幾乎都會冒出的這句話，被《希耶絲塔》說出口了。

「第一次。」

夏露彷彿在強忍什麼般低下頭。

過了數秒，她才一字一句地強調道——

「這是第一次，我聽您對我這麼說。」

再度抬起頭的夏露，露出好像終於能鬆懈下來的哭臉。那副模樣簡直就像一直在期待師父能教訓自己的徒弟一樣。

看著這樣的夏露，《希耶絲塔》也以苦笑般的表情放鬆下來。

就這樣，當夏露正要衝進大大攤開雙臂的《希耶絲塔》懷抱時——一剎那。

「夏洛特，所以我說妳還是太天真了。」

衝進《希耶絲塔》胸口的並不是夏露，而是一發子彈。

「……唔。」

「大小姐……！」

當場崩倒的《希耶絲塔》被夏露抱了起來。

而在視野前方所佇立的人，正是那位《暗殺者》——加瀨風靡。

◆仇恨世界的金色之劍

手上拿著槍的風靡，在稍遠之處以冰凍般的冷漠眼神俯瞰我們。

「夏洛特，我原本以為妳會更明智才對……看來妳跟那邊的小鬼是同類啊。」

「……！」

夏露一瞬間狠狠瞪了風靡一眼，但很快又將目光移回《希耶絲塔》身上。

「大小姐……」

被擊中的《希耶絲塔》左胸不斷流出暗紅色的血液。夏露把自己的衣服撕下一塊，試圖止血。

「……妳怎麼這麼笨，夏洛特。」

這時，《希耶絲塔》虛弱地抓住夏露的手。

「我並不是，妳的大小姐。」

她說完露出淡淡的微笑。

不知不覺，她的語調已經恢復原本的《希耶絲塔》。

「比起這個……你們該對付的人，在那邊。」

《希耶絲塔》用顫抖的手指向站在對面的那號人物。

「可是，這樣下去……」

「放心吧。這種規模的損傷，還可以用緊急停止措施處理。」

《希耶絲塔》臉上再度浮現微笑。不知道這是真的還是騙人的，不過既然她都這麼說了，現在也只能選擇相信。

「——我馬上就回來。」

我跟夏露相視微微點頭，將《希耶絲塔》輕輕抬到護欄旁邊，接著才挺身與最大的敵人對峙。

「哈，搞什麼鬼，你們兩個。之前假裝感情很差，現在竟然又聯手了。」

風靡望著我跟夏露嘲笑道，她叼起菸，用單手擋風點著火。

「這樣真的好嗎，夏露。」

這當中我並沒有看一旁的夏露，而是逕自問。

「如果妳與那個人為敵，妳會失去很多東西。」

在工作方面，夏露至今為止一定招惹過許多組織和敵人，一旦失去跟希耶絲塔同為《調律者》的風靡這個後盾，她如今的立場就會大受威脅，受人狙擊的機率也會大幅增加吧。

更重要的是，夏露是向自己始終堅信的使命舉起反旗。即便剛才是我說服她的，但只要一想到她的情況，我就不得不重新確認一遍。

「事到如今還說什麼。」

結果夏露也沒有看著我，只是如此斷定道。

「比起那個，我才要問你，你真的做好覺悟了嗎？」

「當然，不過如果能逃我還是想逃啊。」

「……那算什麼覺悟？我們說的是同一種日語嗎？」

至少你的腦子應該沒問題吧——夏露無奈地用手抵著額頭。
不必在意，我只是因為恐懼而導致腦袋出錯了。
「喂夏露，關於等下的戰鬥我有一個好主意。」
「不愧是負責出腦力的人，你有什麼作戰計畫？」
「如果能活著度過這場戰鬥，我們就結婚吧。」
「咦，我不要……」
「妳搞錯了，這是反向的死亡旗標。」
「那是什麼奇怪的概念。」
「所謂反向的死亡旗標，就是在臨死之前說出絕對不可能實現的願望，這樣反而能讓自己存活下來，是一種鑽漏洞的技巧。」
「好不容易有個出腦力的人結果卻是白痴……」
一旁的夏露用力抱住頭。
真抱歉啊，這種情況下已經不必期待有任何腦力能派上用場了。
「……不過。」
夏露頓時抬起頭，看向我這邊。
「我們能同心協力、體諒彼此，也算是成長了吧。」
她一定是想起了我們第一次共同執行任務時的慘烈失敗，才會露出微笑。

「作戰會議結束了嗎？」

風靡吐出一大團煙。

刻意等我們說完……她應該沒那麼好心。那個人，只是想趁機抽根菸罷了。而且抽菸的空檔，也已經結束了。

「首先包夾敵人！夏露，右邊交給妳！」

「嗯！」

我跟夏露分成左右兩路，試圖從兩個方向用槍瞄準目標。風靡這時剛好在用腳踩熄抽完的菸頭。真抱歉啊，我們可沒有餘裕等妳。

於是我舉起槍，對準眼前的夏露——

「……為什麼準心裡的是夏露啊？」

同樣地，夏露也在正前方瞪大眼睛望著我。

被兩人包夾在中間的風靡上哪去了？

「結果還是這麼無謀嗎？」

只聽到這樣的說話聲，緊接著下一瞬間。

「…………唔！」

第一個感覺是喘不過氣。

然後聽到了骨頭被輾壓的聲響。

至於疼痛，是等我在地上滾了幾公尺後，隔了數秒才姍姍來遲。

「啊啊啊啊啊啊……！」

雖然難堪，但我還是因衝擊力和劇痛冒出慘叫。

我甚至不知道自己剛才遭遇什麼，是被揍了一拳，還是被膝蓋頂了一下。搞不好我已經骨折了。強烈的疼痛襲向全身，幾乎使我失去意識。

「首先撂倒一個。」

這時風靡已經對我失去了興趣，她背對過去。

「……唔。」

夏露提高警戒舉著槍，跟風靡保持一定的距離對峙。而我則趁這當中，勉強拖著身體往道路邊避難。

「妳想怎麼辦？只剩妳一個人囉。」

風靡絲毫不畏懼朝著自己的槍口，對夏露說道。

「要繼續無謂的抵抗嗎，這種騷擾只會延遲問題解決的時間喔？」

「…………」

另一方面夏露則繼續舉起槍，以嚴峻的表情聽對方說話。

「喂，夏洛特，我再問妳一次，妳的任務怎麼辦？妳不是要繼承名偵探的遺志嗎？就算世界發生異樣妳也無所謂？」

「……當然不是無所謂，不過我果然覺得大小姐不會喜歡這種做法。」

「啥，妳沒瘋吧？那傢伙喜不喜歡，根本不重要。」

風靡如此唾棄夏露的主張。

「理想能拯救世界嗎？錯，只有殺了齋川唯才能拯救世界啊。」

「犧牲某個人來拯救世界，這一定不是大小姐期盼的。」

「是嗎？至少我覺得，那傢伙如果知道只要犧牲自己就能拯救世界，那她一定會樂於獻出自己的生命。」

「怎麼說……？」

夏露彷彿不解風靡的意圖般皺起眉。

「妳還不懂？那麼稍微把時間往前推吧。一開始席德只考慮，在寄居了自己的《種》以後還能運用那個力量的人類。只有這種人才有資格當容器的候補。」

「那就是大小姐，以及海拉……」

「沒錯。不過這個盤算，已經被那位名偵探用奇謀封死了。那傢伙，**刻意犧牲自己的性命以喪失成為容器的資格**。」

風靡的假設是這樣的。

一年前，希耶絲塔自行選擇死亡。雖然她說，這是為了達成守護夏凪的願望……但其實幕後還有隱藏的理由。此乃希耶絲塔身為《名偵探》在最後一次任務中打倒席德的策略。

「所以大小姐是發現了席德的真正目的，才自行……」

夏露之前也沒能掌握事情的全局吧，因此聽到希耶絲塔自我犧牲的更深一層用意，她的眼神動搖了。

「沒錯。《名偵探》為了守護世界，不惜犧牲自己。而且那傢伙有說過吧？你們四個人是她最後殘留的遺產。妳懂這句話的意思嗎？——就是**你們得繼承她的遺志為了這個世界而死**。」

「……！」

聽到對希耶絲塔遺言的這種解讀，夏露瞪大雙眼。

「聽好囉，夏洛特。妳是個優秀的人，別被那種只能當助手的男人輕易騙了。要正確理解名偵探遺言的意義，並繼承遺志。」

「我……」

「我老實說吧，夏凪渚不行……她太弱了。因此只有妳能辦到，夏洛特。由妳繼承遺志，加入《調律者》成為《名偵探》吧。」

風靡頓時浮現出溫柔的表情曉諭夏露。

「放心吧，如果妳覺得不安我會好好訓練妳。所以妳只要專注完成自己該完成的使命。殺死齋川，打倒席德，屆時妳就能成為名副其實的名偵探了。」

真是太好了——風靡撫摸夏露的頭。

「妳一直很憧憬吧？這麼一來妳的夢想就能實現了。」

「我成為，《名偵探》……」

「沒錯。所以為了這個目的，去完成最後的工作吧。」

說完風靡轉過身，走向我們騎來的那輛摩托車。她是打算騎這個去追齋川她們吧。

——然而。

「妳想幹什麼，夏洛特？」

風靡背對著這邊說道。

想必她連頭也不用回，就能感受到這股殺氣吧——夏洛特正對她的背劍刃相向。

「妳這傢伙，不想成為名偵探嗎？」

「……妳搞錯了，我並不是憧憬名偵探那個職位。」

夏露閉起眼，低聲喃喃說道。

就像是在解釋給自己聽一樣。

或者說，她是在面對自己一直隱藏起來的心聲。

她回憶起自己對師父長達五年的仰慕——並以左手緊抓脖子上那條青色項鍊，

這麼叫道。

「我所憧憬的，是希耶絲塔這位美麗而強大的女性！」

夏露重新握緊軍刀，對風靡的背部斬去。

但風靡依然背對敵人，看也不看一眼攻勢就以輕巧的身法閃躲過去。

「無聊透頂。」

「……唔。」

「妳也太瞧不起我了吧。妳以為一對一能打贏我嗎？」

話還沒說完，風靡就從腰際拔出手槍，以槍口指向夏露的額頭。

「遊戲結束了。」

夏露的劍就只差最後一步，但還是被迫跪在地上。

事到如今，風靡已經不會對扣扳機存有任何猶豫。就算她不開槍，如今這種形勢也不是靠夏露一人就能逆轉的。戰況已完全陷入死局。

「確實，光靠我一個人無法打贏妳。」

這時夏露也坦承自己的敗北——看似是這樣。

「可是，我們還沒輸。」

夏露以熊熊燃燒的眼眸抬頭仰望風靡，下一瞬間——

「往右調九格，往下調七格——就是現在，渚小姐。」

一顆子彈，從上空發出猶如能撼動腹腔的巨響射來。

「——唔！」

來自夜空的彈頭，將風靡所握的手槍擊飛了。

至於開火的射手——

「真不愧是希耶絲塔的《七種道具》，一點都沒有偏移呢。」

在開啟窗口的小型戰鬥機座艙邊，架著一把眼熟的滑膛槍。

「……竟然自己故意折回來。」

風靡抬頭瞪著那架飄浮於夜空的戰鬥機這麼說道。

「應該做好覺悟了吧——齋川唯，以及夏凪渚。」

◆這是最後得到的答案

「唯、渚……」

夏露也抬頭仰望盤旋於燈塔附近的戰鬥機。

在雙座的機體裡，齋川坐在駕駛席，至於夏凪則在後座。

「之前聽說妳們趕往機場……原來是去弄這個玩意喔。」

風靡一邊抬頭看天空，一邊感覺很無趣似地轉動頸骨。

「先是開小艇，現在又是駕駛戰鬥機，最近的義務教育內容還真充實。」

「這點小事不過是少女的嗜好喔……呃，我是很想這麼說啦，但畢竟這幾乎都是自動駕駛。是某位**《耳朵》很靈的先生**，透過我的《左眼》做遠距離操縱的。」

對風靡的諷刺，齋川如此促狹地回答道。看來那個半人造人，目前也在某個遠處觀看我們的戰鬥。

「哈！話說回來，妳們還要把這傢伙視為同伴嗎？這傢伙剛才可是企圖奪走妳們的性命啊。」

風靡對位於上空的齋川跟夏凪，似乎很無言地嗤之以鼻道。

「……唔。」

聽了這番話，保持跪姿的夏露咬住嘴唇。

夏露比誰都清楚，自己所犯下的過錯有多麼嚴重。

——然而，身為當事者的齋川。

「嗯嗯，我們會幫她。畢竟，大家是同伴呀。」

對曾想把自己殺害的對象，一如往常地稱為同伴。這時齋川又對臉上浮現出愕然表情的夏露，這麼繼續說道。

「等之後我們會用力吵上一架。這樣應該夠了吧，夏露小姐？」

齋川咧嘴笑著，俯視地面的夏露。

「先說好，不只是小唯一個人唷。」

這回則輪到後座上的夏凪，她用有點生氣的冷靜表情對夏露說。

對喔，在來此之前，夏凪也被夏露痛毆了一陣。正因如此，夏凪才會以嘲諷的口氣對夏露說。

「聽好囉，吵架的時候包括小唯跟我總共兩人份——**要加倍殺死妳**。」

夏凪在地面上聽完這些話。

「……隨時放馬過來吧。」

她的雙眼有些溼潤，但臉上依然浮現出微笑。

「不會有那種未來的，妳們放心吧。」

一個冷酷的聲音傳來，就像是要摧毀夏洛特所期望的未來般，《暗殺者》在幽暗中疾馳著。

「……唔。」

夏露緊抓住軍刀，與逼近的敵人展開對峙。

另一方面，剛才手槍被子彈打掉的風靡，則是持一把短的藍波刀。當然，以攻擊範圍而言是夏露有利——不過，雙方的實力卻存在壓倒性的差距。風靡以看似極為離譜的動作逼使夏露只能專注防守。

「太遲鈍了。」

風靡抓住破綻以迴旋踢踢斷那把鐵製的劍，隨後又直接把夏露往後彈飛。

「……唔！」

伴隨一個鈍重的聲響，夏露在柏油路上滾了好幾圈。風靡見狀一點時間也不想浪費，為了衝過去而朝地面用力蹬了一下。

「渚小姐，麻煩妳了！」

一瞬間，空中的狙擊又襲向風靡。

也是透過齋川《左眼》的正確指示，夏凪毫不遲疑地舉起滑膛槍，射出子彈。

「真抱歉，我可不會先採取威嚇射擊。」

為了進一步提高命中率，戰鬥機甚至繼續降低高度，夏凪也不斷向風靡開火。

「——煩死了。」

風靡一邊躲開射入腳邊的子彈，一邊這麼咕噥道。這時。

「咦？」

夏凪不禁抬起頭，她視野所捕捉到的——是一把連接繩索的鉤爪纏在了戰鬥機上，那位紅髮暗殺者正以此為立足點在夜空中跳躍。最後風靡跳到了座艙上。

「……！」

對準大驚失色的齋川，風靡反手舉起小刀。

「休想……！」

夏凪這時從後座朝風靡開火了。

子彈完美地貫穿了敵人的右肩，使風靡嚴重失去平衡——然而。

「疼痛？這種事，在使命面前毫無任何意義。」

從機體掉下來的風靡面不改色，直接對戰鬥機主翼上的引擎扔出短刀。強烈的刮擦聲和燒焦氣味傳來，引擎開始冒出黑煙。戰鬥機往左傾斜，最後終於失去控制。

「……！渚小姐，請抓緊了……！」

齋川拚死握著操縱桿，但戰鬥機還在往下墜，機體摩擦著柏油路面迫降。有一股巨大的衝擊力道宛如地震般由下往上傳來，害我差點連站都站不穩。

「……小唯……」

「……唔，渚小姐……」

大概是渾身都承受了墜毀的衝擊力吧，夏凪跟齋川臉上浮現苦悶的表情，不過即便如此，她們還是勉強從有爆炸危險的機體爬出來。

「總算下來了啊。」

這時風靡的身體，緩緩轉向夏凪她們那邊。

即使她右肩上流著深紅色的血，這位《暗殺者》依然使勁蹬向地面。

「——我的存在要是又被忘了，那可有點困擾啊。」

這時，有個人影介入了雙方之間。

「我不是說過嗎？我還有同伴。正因如此，我才能對自己的工作全力以赴。」

「哼，是夏洛特嗎？不過妳的武器已經報廢了。」

風靡直接在黑煙中，以右腳為軸心大幅甩動左腳——不過。

「要借一下妳的力量了。」

當黑煙散去，手握《希耶絲塔》那把細劍的夏露現身了。

「……！」

只是這依然無法阻止風靡採取行動。她用左腿對準夏露刺出的單手劍一掃——

結果。

「嘎，哈……」

發出叫苦聲的人是夏露。她又一次承受風靡的踢技洗禮，被踹飛到幾公尺外的後方。

「夏露小姐……！」

齋川這時拖著身子，趕往夏露那邊。

「妳……沒事，吧？」

「……唔，沒事……不過，有條腿斷了。」

儘管已經呼吸困難，夏露還是努力露出微笑。

「這就是，我的……我們的戰法。即便一個人打不贏，只要大家同心協力……」

「——這種時候還在玩同伴遊戲？真無聊啊。」

聽了夏露的話，風靡打心底吐出侮蔑的言語。

「一點也不，無聊……！」

而這回，彷彿為了保護跪著的夏露跟齋川般，夏凪攤開雙臂阻擋在前面。

「我們是……希耶絲塔所遺留的最後的希望。我們不服輸，也不放棄，大家一起，一定能勝利……！」

對於這樣的夏凪。或者該說，加上齋川、夏洛特。

「妳們幾個，該怎麼說。」

風靡靜靜地壓低音量。

不知何時她取下了髮夾，一頭紅髮在夜風中飛舞。

「同伴、羈絆、友情、思念、愛、聯繫、緣分——以及遺志。這些對世界究竟有何用處？」

接著風靡好像越來越不耐，語氣也開始粗暴起來。

「齋川唯——只要妳死了，這個世界就能得救。夏洛特・有坂・安德森——只要妳殺了齋川唯，這個世界就能得救。夏凪渚——如果妳能跟過去那位名偵探一樣強，這個世界就能得救。既然如此妳們為何不那麼做？是做不到嗎？對喔，一定是那樣，既然如此——！」

彷彿越燒越旺盛的烈火般，風靡以充滿憤怒的表情叫道。

「既然妳們做不到！既然妳們沒有那種力量……！就至少要有羞恥心，不要給我這拯救世界的戰士扯後腿……！」

這番吼叫，可能是我第一次聽見她的真心話。

「妳說對了。」

在短暫的寂靜後，夏凪開口了。

「我想，妳剛才說的並沒有錯。至少，妳比我們正確，而且也有人會把妳的行為稱之為正義。」

「唔，明知如此的話——」

「但。」

夏凪打斷風靡的話。

「那位正確過頭的名偵探，死了。」

她主張，正義並不必然會獲勝。

「因此，我才要故意選那個好像是錯誤的選項。即便那個選擇並不正確，或者導致正義無法獲勝，但至少最後，我寧願選有珍惜的人在身邊開心笑著的未來。」

我再也不想，害任何人死去了。

夏凪如此對風靡……或者該說，是對希耶絲塔當面提出否定。

「妳我的想法真是平行線。」

風靡的激動一定還未完全消失。

但她已經放棄了，才會這麼說。

「既然這樣，事情就簡單了。唯有最後還能站著的人才是勝利者。」

這是最單純，也最殘酷的結論。

可是剩下的手段也只有這個了。

不，恐怕打從一開始雙方的對話就毫無意義。

「消滅吧，罪惡。」

《暗殺者》如風般狂奔。

在毫無半點聲響，也無法捕捉到人影的狀態下，她以《調律者》之姿執行正義。

「渚！」

「渚小姐！」

被夏凪攤開雙臂擋在背後的夏露跟齋川紛紛叫道。

「放心吧。雖然我看不見對方，但對方必定在盯著我，而且她也能聽見我的聲音。只要這樣——我的能力就一定會發動。」

這時，夏凪渚的**紅眼發亮**了。

「加瀨風靡，**妳站在原地一步也動不了**。」

下一瞬間，風靡的動作整個停住。

「……！」

她驚愕地瞪大雙眼，全身僵住。

只剩下一步——她舉起的刀即將刺進夏凪的左胸。

這是透過《紅眼》做的洗腦——當夏凪與海拉對話後，由於接納對方之故，她也能使用這項技能了。

「……唔，這算，什麼玩意！」

然而，《暗殺者》在殺死目標前是不會罷手的。

「別以為這種臨時學會的能力就能阻止我！」

風靡以強大的意志力試圖破除洗腦，慢慢地，慢慢地，她持刀的右手向夏凪逼近。

「憑妳們幾個貨色，就妳們三個也想阻止我……」

風靡鬼氣逼人的臉色無比激動——但這時，她臉上的情緒突然消失了。

「先等一下……三個人？那架機器人姑且不論，什麼時候我只跟妳們三個戰鬥了？」

事到如今她才察覺自己漏掉了什麼，因此忍不住對眼前打算狩獵的目標詢問。

「喂，那傢伙呢？**君塚君彥從剛才就不見了？**」

這絕對不是傲慢，而是相當正確的自我分析。

的確，剛才那位只夠格當助手的男子受到一擊後就脫離戰鬥，雙方的實力差距就是如此明顯。即便隨著時間經過，他又恢復到能行動的狀態，但只要依然待在自己的視野範圍內就很好處理。風靡的想法便是這樣，因此她決定將注意力放在夏洛特，以及新加入戰局的夏凪跟齋川身上。這並非她的失誤。

只有一點。

如果說，只有一點是她計算錯誤的話——

「君塚君彥，你這小子——**吞下了變色龍的種嗎！**」

我絲毫不畏懼獲得《人造人》力量後會帶來的風險。

「副作用？誰管那個啊。不論是五感或壽命，都隨便你怎麼剝奪。就全部拿去當養分吧。」

我對正在體內鳩占鵲巢的寄生種子這麼說道，並隱形朝風靡那邊衝去。我現在唯一想做的，就是把那個氣死人的刑警一拳打飛，這樣就夠了。我最愛的搭檔心目中的正義，被那傢伙刻意曲解了，所以我只想狠狠打她一拳。

——這樣真的好嗎？

我隱約聽見，不知是誰從某處對我這麼竊竊私語。

——當然，又不會給誰添麻煩。

我使勁握緊拳頭，對那傢伙這麼答道。

畢竟這麼說沒錯吧？

「這是只屬於我的故事。」

就這樣，我把那個代表世間正義的傢伙，正面打飛出去。

【終章】

「你們好大的膽子，竟敢逮捕刑警。」

我用手銬銬起右頰紅腫的風靡一隻手，另一邊則銬在護欄的支柱上，限制其行動。雖然就算不這麼做，也覺得她已經失去抵抗的意志了……但為了小心起見嘛。

「話說回來，你真的吞下了《種》喔。」

語畢風靡萬般無奈地望著我。

變色龍的《種》會帶來透明化能力。一開始就被風靡狠狠一擊的我使用了這個，迅速在戰場上消失身影。

「你這小子，會死喔。」

風靡小姐瞇起眼，看著我。

「是啊，我知道。」

只要沒有接受適當的處置，這麼做會帶來風險是絕對可以預期的。正因如此，我才盡量避免實行這個作戰計畫。

這個《種》是史卡雷特自稱忘記給我並特地送來《希耶絲塔》家的，但恐怕他也是從一度復活的變色龍身上挖來的吧。

「嗯，反正身體要壞掉就讓它壞掉吧。」

有可能會像蝙蝠那樣喪失視力，或是壽命減短也說不定。不過──

「對於只能躲在那傢伙陰影下的我，這個能力正合適。」

反正我以後也要繼續當某人的助手，就貫徹幕後的角色吧。

「是嗎，那你也快過去那邊吧。」

說完風靡用下顎示意，叫我去躺在路邊、正被夏凪她們包圍的《希耶絲塔》身旁。雖說夏露做了急救，但她的左胸已被子彈貫穿。這位開槍的罪魁禍首，正催促我前去《希耶絲塔》那裡。

「風靡小姐妳，果然是那個風靡小姐啊。」

「你胡說八道什麼，我可是你的敵人。」

「……是喔。」

其實我本來有幾個問題想對風靡小姐確認，但現在只好轉過身。

首先第一──本來討伐《ＳＰＥＳ》的任務應該是身為《名偵探》的希耶絲塔

負責。但在她死後，為何擔任其他職位的風靡小姐卻不管分工來協助這項任務。

至於另一點——則是《希耶絲塔》的存在。她是透過冷凍保存、防止腐敗的希耶絲塔遺體，加入人工智慧所誕生的機械人偶。那麼，究竟是誰能如此迅速地做出這些處置。

既然她本人不想說，那我就不問了。

對於無法說出口的言語，應該要保持敬意才行。

我轉身背對風靡小姐，朝《希耶絲塔》那邊走去。

《希耶絲塔》彷彿在夏凪她們三人的守候下閉著眼。

「大小姐。」

在這些人當中，夏露屈膝跪在地上牽起了《希耶絲塔》的手。這時對方好像有反應般微微撐起眼皮。

「……就說了，我並不是那個人啊，夏洛特。」

「……！」

睜開眼的機器人，微弱地回握住驚訝的夏露。

「《希耶絲塔》小姐！」

「妳沒事吧!?」

緊接著齋川跟夏凪也慌忙朝《希耶絲塔》呼喊。看到這樣的兩人，《希耶絲塔》她——

「呼呼。」

微微抖動肩膀露出微笑。

「真是的，這群人還是一如往常地吵鬧呢。」

《希耶絲塔》這時藉助夏露的手，緩緩把自己撐起來。

「這麼一來，我不是就無法安心午睡了。」

她展示了只有她才能說的私房笑話。

「《希耶絲塔》，妳還好吧？」

我想重新檢查她的傷口——但，《希耶絲塔》搖搖頭。

「我的使命，已經徹底結束了。」

她這麼說，再度露出靜靜的微笑。

「妳的意思是？」

夏露以搖曳不定的眼眸凝望《希耶絲塔》。

「我只是為了協助希耶絲塔大人完成殘留在世上的最後一項工作，才被製造出來，不過就是程式罷了。」

「大小姐殘留的工作？」

夏露似乎對此一點概念也沒有，不解地微微歪著頭。

「是的。希耶絲塔大人將君塚君彥、夏凪渚、齋川唯、夏洛特・有坂・安德森四人，視為最後的遺產留給這個世界。然而這四人，各自都有**必須跨越的課題**。」

留給我們四人的課題。記得前幾天，我們還為此遭遇了前所未見的困難。

「夏凪渚要知道自己究竟是誰，並勇於面對過去才行。齋川唯則必須接受雙親死亡的真相，對人生做出抉擇。至於夏洛特・有坂・安德森，要從使命這項詛咒和束縛解脫，並擁有自己的意志。最後則是君塚君彥——」

《希耶絲塔》對我們一個個投以凝視，最後才對準我的臉。

「你必須從希耶絲塔大人的身邊徹底畢業才行。」

這項我始終假裝沒看到的事實，被她嚴厲地指出來。

「希耶絲塔大人不確定你們是否能獨立解決上述那些沉重痛苦的課題，這項擔憂變成她的掛念。因此，《我》才被製作出來。」

「……這才是，希耶絲塔名副其實的最後一項工作。」

我喃喃說著，而《希耶絲塔》也靜靜地頷首。

「維護委託人的利益……守護同伴，這就是她的工作。」

她娓娓道來那位名偵探的口頭禪。

「也就是說，我只是協助她的女僕。」

「那麼，這幾天發生在我們周遭的問題，全都是……」

「嗯，是為了讓你們解決內心深處疑難雜症的課題。」

說完，《希耶絲塔》就像是惡作劇成功的孩子般咧嘴一笑。

促成夏凪與海拉對話，讓她開闢出通往《名偵探》的大道。

強迫齋川面對艱辛的真相，並要我這個同伴在旁守候。

至於夏洛特，則是由《希耶絲塔》自己扮演障礙阻擋，讓她找出真正對自己重要的事物。

至於我，必須**協助**她們三人解決問題，身為**助手**，除了希耶絲塔以外也必須有能力配合其他人。

不光只是我們四個……包括席德、史卡雷特、風靡的行動，都好像事先預測過一樣。在這麼多條件配合下，讓《希耶絲塔》扮演促進我們成長的程式，這種安排一般人根本想像不出來。

「所謂一流的偵探，是在事件發生前就預先解決了。」

《希耶絲塔》果然又模仿起那位名偵探的口頭禪，彷彿很得意地露出微笑。

「總而言之，我的職責到此告終了。」

《希耶絲塔》浮現一切都如她所願的安心表情。

「可是，我還沒……！」

夏露好像還沒說夠，她不允許《希耶絲塔》就此墜入長眠。

「不，到此為止了。」

但《希耶絲塔》卻輕輕握住她的手，溫柔地說。

「我的工作已經做完了。而希耶絲塔大人也沒有留下任何掛念。你們這四個人，之後一定能堅強地活下去吧。」

因此——她說。

「大家笑著道別吧。」

語畢，《希耶絲塔》露出跟初次見面相比豐富許多的表情，對我們笑著表示。

「是這樣嗎？」

我簡短地應了一句。

原來這就是希耶絲塔最後的工作。我們四人身為她留下的遺產，必須跨越各自懷抱的課題。夏凪是過去，齋川是真相，夏露是使命，而我——則是死者。

大家各自去面對障礙——如今，我們都畢業了。

從過去，從真相，從使命，以及從死者。

而負責協助我們的《希耶絲塔》，也終於完成了這項使命。

因此，這應該稱得上是幸福的結局吧。

不論夏凪、齋川、夏露、我……或者再加上《希耶絲塔》。

這裡的每個人，都達成了自己該達成的目標。

因此，在這裡讓故事收場是最完美的。希耶絲塔一定是這麼認為。

剩下的就是《希耶絲塔》對我們一一說出道別的話，在感動中進入最高潮。這麼思索的我，趁其他三人在啜泣時，這麼問道。

「可是這樣，希耶絲塔還能迎向美好的結局嗎？」

我之前也說過才對。

要迎向最終章，還為時過早。

【girl's dialogue】

——那是至今大約十天前的事。在跟《人造人（變色龍）》戰鬥後郵輪即將沉沒，而在船上一片混亂的賭場裡。

「久等了。」

我朝著一位少女的背後出聲道，她好像嚇了一跳般肩膀抖了一下。

「……是妳喔。」

接著，那位以紅色緞帶將黑髮紮成側馬尾的少女將臉轉向我。

坐在地上的她，膝蓋上還躺著一個穿外套的男子。

「真是久違了——希耶絲塔大人。」

如今雖然因為某些理由，她的外表跟以前不同，但她的確就是**把我製造出來的主人**。

「附帶一提，您剛剛本來打算做什麼？」

「……我不懂妳的意思？」

希耶絲塔大人用力把臉從我的面前撇開。

「感覺您好像想湊向那個男人的臉？」

「……就說了我聽不懂。」

「渚會生氣的。」

「唔，不是說了我不知道妳在說什麼嗎……」

我的主人真的很可愛。

「……是說真不可思議耶，我就在自己的眼前。」

這時希耶絲塔大人讓那位少年躺在地板上，自己站起身並盯著我說道。

是的，說穿了我現在的外表就跟原本的希耶絲塔大人一模一樣。我是借用希耶絲塔大人身體製作出的仿生機器人。

「那襲女僕裝也很適合妳，助手一定會一眼迷上的。」

「嗯？我並沒有特別期待那種事，難不成這是希耶絲塔大人的願望——」

「那麼，關於今天找妳來這裡的理由。」

嗯，我的主人果然很可愛。

「就是之前那個計畫，要再度麻煩妳了。」

希耶絲塔大人語畢，便訴說起叫我來此的理由。

那是希耶絲塔大人生前留下的某種機制。她的記憶跟部分能力會移植到我身上，此外就是，對繼承希耶絲塔大人遺志的那四人展開培育計畫。

「只是有一項預定要變更了，請把這個追加進去。」

這時，希耶絲塔大人遞給我一塊晶片。

「這裡面儲存了我曾犯下某個失誤的資料。」

「……？希耶絲塔大人會出現失誤還真罕見啊。」

「……是啊。看來，我果然還是很不擅長解讀人類的感情吧。」

希耶絲塔這麼說，臉上浮現苦笑。

「總之就是這樣，詳情等晶片安裝好妳再自己確認吧。裡面也存了新的指示。」

「遵命。」

不論何事都不願親口說出來是希耶絲塔大人的習慣，等之後回去我再慢慢檢視吧。

「那麼，這下子我的工作就真的全部結束了。」

希耶絲塔大人以彷彿輕鬆不少的表情喃喃說著，隨後她當場彎下腰，再度凝視那位少年的睡臉。

沒錯，這就是希耶絲塔大人最後的工作。她唯一掛念的，就是守候那**四位遺產**，促使他們成長。她將事情託付給我這臺機器，而她自己這次，真的要陷入長眠了。

於是我看著了卻一切工作後，臉上浮現安適表情的她——

「希耶絲塔大人剛才說自己不擅長解讀人類的感情，那麼您自己的感情您又能理解嗎？」

等回過神，我才發現自己竟然問了這麼一個問題。

這時，依舊在注視少年的希耶絲塔大人，雙肩又顫抖了一下。

「……妳。」

然而，希耶絲塔大人卻——

「妳……妳只要做分內的工作就可以了。」

她沒有回過頭，而是背對著我告知道。

「遵命。」

我頂多就是一個，協助主人工作的女僕。

行了一禮後，我離開這裡。

不過就在這時，的確有個念頭瞬間閃過我腦中。

——假使讓主人幸福是女僕的職務，那麼我之後真正該做的工作是什麼？

【序章】

「可是這樣，希耶絲塔還能迎向美好的結局嗎？」
我的這番話，令《希耶絲塔》微微瞪大雙眼。
可是，事實不就是那樣嗎？
不論我、夏凪、齋川，或夏露，各自都從過去的束縛中畢業了。
那麼，希耶絲塔該怎麼辦？
那傢伙真的能迎向幸福的結局嗎？
「君彥……你錯了。」
《希耶絲塔》勉強撐起搖搖晃晃的身子，夏凪慌忙扶住她。
「希耶絲塔大人，對這個結局已經很滿足了。能留下你們四人這項遺產，並各自都解決了過去的問題。這麼一來，希耶絲塔大人的使命就已經——」
「不對！」
這時我再度搖頭否定《希耶絲塔》試圖提出的回答。

「畢竟，那傢伙哭了啊。」

我喚醒一年前的記憶——

在那座被《SPES》當作據點的孤島上，我們與海拉決戰。

希耶絲塔選擇犧牲自己封印敵人，我則被迫和希耶絲塔離別。我因《生物兵器》釋放的《花粉》失去意識，甚至沒能守候希耶絲塔到最後一刻。

然而，我還記得。現在我已經能回想起來。

那傢伙……希耶絲塔，哭了。

回憶裡有我們一起吃蘋果派的味道。

回憶裡有我們住在廉價公寓的生活。

那個穿婚紗拍照的往事更叫人懷念。

本來應該還有明天、一個禮拜、一個月，甚至永遠在一起的我們，現在卻只能惋惜地分別。

最後，想起那令人眼花撩亂的三年時光——

「希耶絲塔那時哭著說『我還不想死』。」

所以，沒錯。一定就是那樣。

「喂，《希耶絲塔》，妳綁走我們後讓我們看那個一年前的影片……在影片尾聲，我因《花粉》倒下後，那個希耶絲塔最後哭泣的場面，是妳擅自決定讓我們看的吧？」

畢竟，那個希耶絲塔……連普通的笑容都不太願意被人看見的強悍名偵探，是不可能那麼輕易就讓我看見她哭泣的表情的。因此我們之所以能看到那一段，全都是這位幫手女僕**對主人的出賣**。

那麼《希耶絲塔》的意圖又是什麼——真相一定是這個。

「這才是，**妳所委託的找出錯誤真正解答**吧？」

我的這番話，令夏凪她們瞪大眼睛。

所謂的找出錯誤，是《希耶絲塔》一開始給我跟夏凪出的課題——我們必須找出一年前希耶絲塔犯下的失誤。關於這部分，我跟夏凪最後挖出了一個關於海拉的錯誤。

然而，失誤一定不只有那一個。

還存在另一個連希耶絲塔自己都無法發現的錯誤。

因此，《希耶絲塔》才會在那時候，對我……不，應該是對身為名偵探的夏凪做委託，去修正希耶絲塔的錯誤。沒錯，委由這位新的偵探處理。

而且其實夏凪已經找出這個答案了。

在剛才與風靡的戰鬥中，夏凪大叫道——希耶絲塔不該死去的。且在最後她又說，待在珍惜的人身邊開心笑著才是正確的未來。

因此，這個希耶絲塔不得不哭泣的故事結局——一定有問題。

「君彥……你究竟，打算做什麼？」

由夏凪在背後撐住身體的《希耶絲塔》，臉上浮現呆滯的表情。

我則揪住她的雙肩，**對還待在另一邊的那傢伙這麼吶喊**。

「——聽好囉？

——我不會放棄妳！

——就算妳對這個結局感到滿足，我也絕對不會認同！

——很有可能，誰都無法理解我也說不定！

——例如夏凪！

——或者齋川！

——以及夏洛特！

——甚至，這可能是違背世界常理的行為！

——但即便如此！

——總有一天我絕對要讓妳復活！

——我一定、一定會！」

下一瞬間，齋川跟夏露分別抓住我的雙臂。

「君塚先生是個笨蛋。」

「君塚就是大笨蛋。」

那兩人哭了。豆大的淚珠滑落，但依然沒忘記攙扶著我。

這時我驀然抬起視線，夏凪也露出好像在哭的笑容凝視我。

「君塚，你是笨蛋啊。」

她顫抖的右手，打在我的左胸上。

不知傳達過去沒有。

本來應該也待在這裡的那個人……是否聽見了我的聲音。

「真是的。」

這時，忽然傳來一聲微弱的嘆息，接著《希耶絲塔》就像在看一群令她牽掛的孩子般綻放出微笑。

「——你們這些人，都是笨蛋嗎？」

她一定是代替希耶絲塔說了這句話吧。

任何人也無法再說她是機器人了。她流下一抹淚痕。

「……旭日東升了呢。」

《希耶絲塔》一下將頭轉向一邊，如此喃喃說著。

沿海的道路被朝陽照亮。深藍色的天空開始混合起橘色。在白色燈塔的另一頭，黎明時分降臨，遙遠的水平線外太陽也開始探出臉。

「是啊，從現在開始。」

此時此地，我們將展開對世界的反叛。

偵探已經，死了？

——不。

我們要把偵探重新奪回，這將是一段過程無比漫長且令人眼花撩亂的故事。

浮文字

偵探已經，死了。3

（原名：探偵はもう、死んでいる。3）

著　者／二語十　插　畫／うみぼうず　譯　者／Kyo
執行長／陳君平　榮譽發行人／黃鎮隆　協　理／洪琇菁
總編輯／呂尚煒　美術總監／沙雲佩　執行編輯／楊國治
美術編輯／陳聖義　國際版權／黃令歡、梁名儀　企劃宣傳／陳品萱
文字校對／施亞蒨　內文排版／謝青秀

出　版／城邦文化事業股份有限公司　尖端出版
台北市中山區民生東路二段一四一號十樓
電話：（〇二）二五〇〇—七六〇〇
傳真：（〇二）二五〇〇—二六八三
E-mail：7novels@mail2.spp.com.tw

發　行／英屬蓋曼群島商家庭傳媒股份有限公司城邦分公司　尖端出版
台北市中山區民生東路二段一四一號十樓
電話：（〇二）二五〇〇—七六〇〇（代表號）
傳真：（〇二）二五〇〇—一九七九

中彰投以北經銷／楨彥有限公司（含宜花東）
電話：（〇二）八九一九—三三六九
傳真：（〇二）八九一四—五五二四

雲嘉經銷／智豐圖書有限公司　嘉義公司
電話：（〇五）二三三—三八五二
傳真：（〇五）二三三—三八六三

南部經銷／智豐圖書有限公司　高雄公司
電話：（〇七）三七三—〇〇七九
傳真：（〇七）三七三—〇〇八七

香港經銷／一代匯集
香港九龍旺角塘尾道六十四號龍駒企業大廈十樓B&D室
電話：（八五二）二七八三—八一〇二
傳真：（八五二）二七八二—一五二九

新馬經銷／城邦（馬新）出版集團Cite（M）Sdn. Bhd.
E-mail：cite@cite.com.my

法律顧問／王子文律師　元禾法律事務所
台北市羅斯福路三段三十七號十五樓

二〇二一年九月一版一刷
二〇二三年四月一版三刷

版權所有・翻印必究
■本書若有破損、缺頁請寄回當地出版社更換■

TANTEI HA MO, SHINDEIRU. Vol.3
©nigozyu 2020
First publish in Japan in 2020 by KADOKAWA CORPORATION, Tokyo.
Complex Chinese translation rights arranged with KADOKAWA CORPORATION, Tokyo.

■中文版■

郵購注意事項：
1.填妥劃撥單資料：帳號：50003021戶名：英屬蓋曼群島商家庭傳媒(股)公司城邦分公司。2.通信欄內註明訂購書名與冊數。3.劃撥金額低於500元，請加附掛號郵資50元。如劃撥日起 10～14日，仍未收到書時，請洽劃撥組。劃撥專線TEL：(03)312-4212 ・ FAX：(03)322-4621。E-mail：marketing@spp.com.tw

國家圖書館出版品預行編目(CIP)資料

偵探已經，死了。 3/ 二語十作. Kyo譯. -- 1版. -- 臺北市
: 城邦文化事業股份有限公司尖端出版 : 英屬蓋曼
群島商家庭傳媒股份有限公司城邦分公司發行,
2021.09-
面； 公分
譯自 : 探偵はもう、死んでいる。3
ISBN 978-626-316-021-7 (平裝)

861.57 109019769